メディアワークス文庫

君は月夜に光り輝く
+Fragments

佐野徹夜

目　次

If you can…

もし、キミと

夏、僕たちは砂漠にいた。

「さすがに喉渇いたね」

検索すると、近くに自販機があるとわかった。

水を買って二人で飲んだ。

「次、どこ行けばいい？」

僕は彼女に尋ねる。

「今が鳥取砂丘《とっとりさきゅう》でしょ？　次は京都行ってみたら？」

どこか他人事《ひとごと》のように彼女は言う。

「ちょっと休ませてくれよ」

今年の夏は暑い。

気温は三十八度。死んでもおかしくない。

日本一周、彼女が言い出したことだ。

それでも、富士山《ふじさん》も阿蘇山《あそさん》も登ったし、北海道も行った。

バイトして金を貯めていたとはいえ、それほど潤沢に資金があるわけではない。

テントを張って夜を過ごす。

「野宿、うまくなったよね」

彼女が感心したように言う。

「君は蚊に刺されないから、羨ましいよ」

もうすぐ受験だ。高三の夏休みにこんなことしてる場合だろうか。不安になる。

「大学受かったら、何したい？」

「勉強？」

彼女は、信じられない、という顔をした。

「じゃあ、何したらいいんだよ」

「女遊びとか？」

ノートを取り出して、眺める。

彼女の「死ぬまでにしたいことのリスト」が、たくさん書かれている。

もうそれも、これで終わりだ。
・日本一周旅行がしたい
「これ全部終わったらさ」

僕はたまらない気持ちになった。

「私のこと忘れてね」

「忘れないよ」

翌朝、ノートを眺めた。

何度見ても、もう、やり残したことは何も残っていない。

全部やってしまった。

そう思うと、なんだか妙な喪失感があった。

本当は彼女が生きている間に、全部やりたかった。

しばらく自転車を漕《こ》ぐと、そのうち、見慣れた街の景色が見えてきた。高校の前をすり抜けて、待ち合わせ場所に急ぐ。

ギアを上げる。立ち漕ぎで坂を登る。

坂を登り切ったところに、香山《かやま》が待っていた。

「おつかれ」

香山は見たことない女を連れていた。

「高三の夏に一人で自転車で日本一周旅行ってさ、お前そんなキャラだっけ?」

「うるさいんだよ」

これから何をしよう。
僕の、死ぬまでにしたいことはなんだろう。
本当にしたいことをしよう。

My ending note

私がいつか死ぬまでの日々

朝、目が覚めて、まだ生きてるんだって、他人事みたいにそう思う。

青白い光が、病室の床を冷たく照らしている。

早起きは三文の得と言うけれど、私みたいな病人に限って言えば、多分損しかない。

どこにも行けない。

何もすることがない。

時計を見ると、朝の六時過ぎ。七時の起床時間まで、薄暗い病室で、ただ朝を感じているしかない。こんなに暗くては、本も読めない。

こういうとき、目の前の〝今〟に何もないとき、人は、自分の記憶を反芻《はんすう》するしかなくなる。

私の場合、思い出しても、暗くなるようなことしかないのだけど。

私が入院したのは、中学一年のときだ。

最初の体調不良は朝にやって来た。頭が割れるように痛くて、それでも学校に行こうとして、駅のホームで倒れた。

最初は、心因性のものだろうと、私も家族もそう思っていた。

それがそんなに生易しい病気じゃないということは、しばらくしてわかった。

幾つか病院を回って、最終的に、病名を告げられた。

発光病《はっこうびょう》。

それは決して治ることのない奇病として知られていた。

原因がわからないから、治療法もない。

徐々に体力を失っていって、やがては自分で歩くことも出来なくなる。

最後は心臓を動かすことが出来なくなって、死ぬ。

それから、発光病患者に特徴的なのは、皮膚に異変が起きることだった。夜、月の光を浴びると、体が淡く光を放つらしい。初期の頃は肉眼でそれとわかるほどの強い光を放つことはないが、病気が進行するにつれ、徐々にその光は強さを増していくらしい。

実際、発光病の患者を見分ける検査は簡単で、暗い室内で特殊な波長の光を当てて、写真を撮影、画像を解析することでわかる。私もその検査で病気が判明した。

私、死ぬんだ。

そう聞いて最初、どう思ったのか、今はもうあんまり覚えてない。何も思わなかったのかもしれない。

お父さんは感情をなくしたみたいにうつむいていて、お母さんは「どうにかならないんですか」って、壊れたように繰り返していた。「大丈夫だよ」私はそう言った。他になんて言えばいいかわからなかった。

みんなそんな真面目な顔しないでよ。

どうしようもないんだからさ。

「私は大丈夫だから」

自分に言い聞かせるように、私は言った。

入院してからは基本的にずっと、私は病院で過ごしている。

何もなかったわけじゃないけど、取り立てて何かがあったわけでもない。

ベッドに寝てるだけ。たまに検査。会話する相手は、看護師さんと医者とお母さんだけ。

私の入院後、お父さんとお母さんは離婚してしまった。それ以来、お父さんが私に会いに来ることはなかった。

〝もうすぐ死ぬ人〟になると、普通の人じゃなくなる。そういう枠の中に入ると、言葉の響き方が変わってしまうらしい。そう感じたのは入院生活が始まってしばらくしてからだった。

入院当初は、クラスの子がたまに病室にお見舞いに来てくれたりした。誰と誰が付き合い始めたとか、学校行事、遠足の話とか。そんな他愛ない話を聞いて、ただ私は普通に、

「私も遠足行きたかったな」

と言った。その途端、空気が、しん、とした。

「そうだよね。こんな話してごめんね……」

何か重大なミスをしたみたいにクラスの子は顔を歪《ゆが》め、申し訳なさそうに謝った。私は愕然《がくぜん》として、しばらく次の言葉を口に出来なかった。

私は普通じゃないんだ。

普通じゃないなら、それなりに生きようと思った。

思えば人は生きるとき、常に何かの役を期待されて生きている。例えば私なら、病人になる前は、学生という役を割り振られていた。適度に勉強して適度に遊んだりとかしなきゃいけない。その役割があるから世界は正常に回っていく。その役をちゃんと演じきるか、あるいはそれが重荷だったり反発を感じたりしたときは、あえて役を

逸脱する。でも、役を逸脱するには、それなりのエネルギーが必要だ。得てして病人にそんな元気はない。私にもなかった。

私の新しい役は病人だった。

それも、不治の病に冒された、もうすぐ死ぬ病人の役だった。

あとの人生はそれを演じきるしかない。

それはそれで、ラクな生き方なのかもしれないと思った。

この役を演じるのに、そんなにテクニックはいらない。総理大臣よりはラクだろう。ベッド脇のテレビ、汗をぬぐい何かを弁明している政治家を見ながら思った。

退屈な入院生活、どこにも行けない日々、気を遣われることが当たり前の毎日。そんな時間をやり過ごすうち、私は最期の瞬間が自分にやってくるのを、期待するようになっていった。

こんな時間、終わってくれたらいいのに。

早く死ねたらいいのに。

だから「病状がかなり悪化していて、いつ死んでもおかしくない」と医師から聞かされたときも、実はそんなにショックじゃなかった。

余命ゼロ。

そんなわけで、私はあっさり、死ぬことになった。

死ぬことを覚悟する。

夜、ベッドの中で一人、心の中を整理した。

それはそんなに難しいことではなかった。

ただ、何の意味もない人生だったな、と思った。

私は人に迷惑をかけただけだ。

これは何の喜びも生まない人生だった。人を悲しませるだけの人生だった。何も成し遂げず、何も誰かに与えず、非生産的な人生だった。

なんだったんだろうな、とは思った。

でもこれから何か、出来ることがあるわけでもない。

私は毎晩眠る時、死を受け入れた。

眠ることは、少しの間、死ぬことだと思う。それは自分が無になることを受け入れる作業だ。

眠っている間に死ぬかもしれない。それが一番いいのかもしれない。

そんなことを思いながら何度も夜を過ごした。

それから、私は死ななかった。例の余命告知から一年が過ぎて、私はわりとピンピンしていた。「奇跡です」と医師は言った。益体《やくたい》ない決まり文句だ。そんな風に奇跡を安売りされてもな、と私は思った。

もうすぐ死ぬと言われてから一年生きるのは、実際そんな立場に置かれてみると、なかなか落ち着かないものだった。こちらとしては死ぬ覚悟が出来ているのに、いつまでたっても死ねない。死ぬつもりだから何かしようという気にもならないし、ずっと修行僧みたいな気分のまま変に放置されている。

ナチュラルに、気が変になりそうだった。

それで私は、もう考えるのをやめた。思考を放棄する。人は人である前に動物ではあるけれど、私は植物みたいに生きようと思った。

そんなときにやって来たのが、クラスメイトの岡田《おかだ》卓也《たくや》くんだった。

四月になってしばらくたったある日。

私はそのとき、本を読んでいた。

読書は入院してからの私の、数少ない楽しみだった。ここじゃないどこかへ飛んでいけるツール。でもそれも、もうすぐ自分が死ぬと告知を受けてからは、新しい本を読むことをやめていた。長い小説を読んでる途中で死んでしまうとしたら、なんだか微妙に悲惨な気がしたからだ。続きが気になって、自分が死ぬことに集中出来なさそうだ。ましてそれが、つまらない小説だったらと考えると、更にぞっとする。

　それで近頃は、一度読んだことのある本を再読ばかりしていた。そんな読書中、ふと、誰かの気配を感じた。リノリウムの床を叩《たた》く靴音が、看護師さんのそれとは違っていた。誰かにお見舞いでも来たんだろうか、と思ってふと顔を上げる。

　その靴音の主は、男の子で、私の高校の制服を着ていた。

　目が合う。

　誰、と思うより先に、ピンと来た。

　そう言えば毎年、この時期になるとやって来る。新学年になると、必要な書類やら何やらを持って、少し気まずそうな顔でクラスメイトが来るのだ。普段はたまに学校の先生がお見舞いに来てくれる。でも、四月のこの時期だけ、一度も顔を合わせたことのないクラスメイトがやって来る。

　それは、学校側の配慮みたいなものなんだろう。

　あなたのことは忘れてないよ、あなたもクラスの一員なんだよ、そんなメッセージが含まれたクラスメイトの来訪。

「渡良瀬《わたらせ》さん？」

その男の子は、そう言って私に話しかけてきた。

彼の名前は、岡田卓也というらしい。

最初は他愛ない自己紹介から始まった会話も、続けてるうち自然になった。初めて会った彼との会話に、夢中になっている自分がいた。久しぶりに、病院の外の人と喋《しゃべ》ったからだろうか。でも、それだけじゃない。

まるで普通の人に接するように、彼は私に接した。そこには、変な気遣いみたいなものがなかった。

「ねぇ、卓也くん。またそのうち遊びに来てくれる？」

気づいたら私は、彼に向かってそう言っていた。

卓也くんは少し考えるように目を伏せてから、「そのうちな」と私に言った。

多分二度と来ないんだろうな、と思った。

だから翌日、病室で彼の姿を見たときは、ちょっと驚いた。

「あれ、卓也くんだ」

何してんだろう、そう思って声をかけた。振り返った彼の顔が、気まずそうだった。変に思ってよく見る。足元に、ガラスの破片が散らばっていた。

それは昔、お父さんが私にくれたスノードームの残骸だった。ガラス玉の中に、ミニチュアのログハウスと、スノーパウダーという雪を模した粒子状のものが入ってて、振るとまるで雪が降ったみたいに見える。すると、雪国の景色がガラス玉の中に広がった。でも、そうした小さな世界を閉じ込めていたガラスが割れて、散らばったそれらは、もうただの物になっていた。

何してるの、なんでそんな酷《ひど》いことするの。

でも、わざと壊したのではないことくらい、頭ではわかっていた。それを壊した彼に対して、怒りをぶつける、そんな気にはなれなかった。

私は、ショックだったんだろう、とは思う。現に、その後卓也くんと何を喋ったのか、そのディテールが記憶から抜け落ちていた。困ったような顔をした彼の顔が印象に残っていたけど、それだけだった。

それより私が意外に感じていたのは、自分の中に生じた感情だった。すっとしていた。

私は、自分の大切なものを壊されて、むしろ気が楽になったような気がしていた。

何故《なぜ》だろう。夜に一人、ベッドの中で考えた。

私の中で、ある考えが大きくなっていった。

人を現世に繋《つな》ぎ止《と》めるのは、執着だ。

生まれてきて死んでいく過程は、思えば、得たものを失っていく、そんなことの連続だ。誰もがいずれ、何もかもを失う。

いったん執着する対象を失ってしまえば、もう怖くはないのだった。もう失うことを恐れなくて済む。

でも、私の中から、それで全ての恐怖がなくなったわけではなかった。人を現世に繋ぎ止めるのは、物質的なものだけじゃない。

何故、若くして死ぬことは悲しいのだろう?

年老いて死ぬことと若くして死ぬことの間には、どんな差があるのだろう?

それは可能性の問題だ、と思った。

もう少し生きていれば、ああしたかもしれない、こうしたかもしれない。そんな〝かもしれない〟の数だけ、現世への執着が増していく。

若くして死ぬ私の場合、既に持っている物だけを捨てても、まだ足りないのだ。

可能性を捨てるにはどうしたらいいのだろう。

経験してしまうのが、一番いいのかもしれない。

そうしたら、心おきなく死んでいけるかもしれない。

そんなことを思いついた。

昼間、私はお母さんに頼んで、病院の売店でノートを買ってきてもらった。何の変哲もない、高校生が授業の板書をとるような、罫線《けいせん》入りのB5ノートだ。

そこに、私は自分の死ぬまでにしたいことをまとめていった。

・遊園地に行ってみたい

・バンジージャンプがしてみたい

こんなくだらないことでいいんだろうか、と自分が書いたのに思った。でも、いくら考えても、本質的な欲求はなかなか意識の表に出てこない。私は本当は何がしたいんだろう？　自分が本当にしたいことを明確に把握している人間なんて、一体何人いるんだろう？

・お父さんに会いたい

二人が離婚してから、お父さんとは一度も顔を合わせてない。そこまで書いて、ふと気がついた。

どうしたって、私にこの死ぬまでにしたいことのリストを実行することは、不可能だ。

何故なら、私は病室の外に出ることが出来ないからだ。

なんでそんなことに気がつかなかったんだろう。

書いても無駄だ。

そう気づいて、ペンを止めた。でもまぁいい。こんなことに真剣になってもしょうがない。実現するかどうかが重要じゃないのだ。自分の中の欲求を、生きることへの執着を、把握することが大事なのだ、そう考え直した。全部書きだして、一つ一つ、殺していこう。自分の中の気持ちを。再び、ペンを走らせる。

「それ、僕に手伝わせてくれないか」

卓也くんは、そんな作業の最中に、また私の病室にやって来た。

この人、暇なんだろうか、と冷めた心で思う。

もうすぐ死ぬ私みたいな人間に関わって、一体何のメリットがあるんだろう？

彼の顔は妙に無表情で、摑《つか》みどころがない。何を考えてるのかわからなかった。

私に興味があるとしたら、それは何が理由なのだろう。

心の中で、仮説を立てる。

これから死ぬ人間に、興味があるから。

それならそれでいいじゃないか、と私は思った。別に、不愉快には感じなかった。

「罪滅ぼしさせて欲しいんだ。スノードーム、割ったことの。取り返しのつかないことをしたと思ってる。でも、ごめん、って言葉で謝るだけじゃ、なんか足りない気がして。薄っぺらい、気がして。うまく言えないんだけど……なんでもいい。出来ることならなんでもするから」

そう言われて、私は、思いつく。

私のかわりに、卓也くんに、死ぬまでにしたいことリストを実行してもらうというアイデアを。

宙ぶらりんの毎日を、死刑執行の知らせを待つ死刑囚みたいな気分で過ごすことに、私はもう、飽きていた。

死ぬことへの恐怖を減らすために、私は可能性を捨てたかった。

人は、過去だけではなく、可能性にも囚《とら》われて生きている。

可能性を全て捨てることが出来れば、私はきっと、心穏やかに死んでいけるはずだ。

それで私は、卓也くんにお願いをすることにした。

私の死ぬまでにしたいことのリストを、かわりにあなたに実行して欲しい、と。

＊＊＊

渡良瀬まみずは、発光病という不治の病に冒されている女の子だ。

そんな彼女の、「死ぬまでにしたいことのリスト」。それをかわりに実行していく、というのが彼女から頼まれた僕の役回りだった。

病室から外に出られないまみずのかわりに、僕がそのリストを一つ一つ実行していく。そして、何があったか、どんな体験をしたか、それを彼女に語って聞かせる。それが最近の僕の日々だった。

彼女の「死ぬまでにしたいこと」には、シリアスなものだけじゃなく、バカみたいなものもたくさんあった。例えば、「離婚したお父さんに会ってきて欲しい」という願い。それは随分シリアスで、荷が重かった。そんな項目に比べたら、「バンジージャンプしたい」とか、くだらない願いの方がまだ気は楽だ。そうは思うけど一方で、なんか理不尽だな、と思うこともなくはなかった。

四月にまみずと出会ってから、既に数ヶ月が経過していた。

夏休みになって、僕の暇な時間が増えるとともに、まみずから頼まれる「死ぬまでにしたいこと」の数も増えていった。

少し緊張しながら、予約していた街中の美容室に入った。いつも行く家の近くの美容室とは違う店にした。

これからすることは、ちょっと恥ずかしい。下手をすれば、もう二度とその美容室に行けなくなってしまう。

・美容室で雑誌の表紙を指さして、「この人と同じにしてください」というのをやりたい

実にくだらない。本当にそれが死ぬまでにしたいことなのかよ？　もしかして僕への嫌がらせじゃないのか？と思う。

そんなわけで、今まで来たことのなかった美容室に来たわけだけど、いつも行く美容室とは、なんだか雰囲気が違っていた。

よく調べずにネットで予約したのが失敗だったのかもしれない。

まず、広かった。髪を切るためのスペースが、十人分くらいある。働いている人の数も桁違いに多い。全部で何人いるか、ぱっと見でわからないが、これも十人近い数の人が働いている。普段僕が行く個人経営の美容室なんか、多くて三人って感じだから、随分違う。

それに、オシャレだった。なんだかこだわってますよ、っていう感じのインテリアがずらりと並ぶ。インテリアだけでなく、働いている人たちの雰囲気も、皆若々しく、洒落《しゃれ》ていた。来ているお客さんも、若い女性が多い。全体的に、洗練された雰囲気だ。

別にいいんだけど、そういう店があってもいいんだけど……何もこんなときに入る店じゃなかったんじゃないか。自分の選択を少し後悔する。

鏡の前の椅子に通され、しばらく待つように言われる。その際に、雑誌を手渡された。パラパラとめくる。垢抜《あかぬ》けたモデルの写真が目に飛び込んでくる。

「初めまして。今日はどんな感じにしましょうか？」

はっとして目を上げる。鏡越しに見ると、茶髪で、チリチリしたパーマをかけた美容師がそこにいた。彼の着ている服と、自分の服装と見比べる。微妙に被《かぶ》っている。僕はポケットつきの無地のTシャツ。でも、自分の着ている安物と違って、その相手の着ている服は、カットソーって感じがした。オシャレな人が着るとTシャツはカットソーになるのかもしれない。なんだか微妙に惨めな気持ちになって、自信がなくなる。

「ちょっと用事思い出したんで帰っていいですか？」

と言いたくなるが、なんとか思いとどまり、覚悟を決めた。

「これと同じでお願いします」

ロクに見ずに、持っていた雑誌の、表紙の男を指さす。幸い、髪も黒く、それほど奇抜な髪型ではない。

「あー、はい。わかりました」

相手が笑いをこらえているように感じられるのは、僕の気のせいだろうか？

……気のせいだと思うことにした。

シャンプー後、世間話をしようとしてくる彼に対して、これ以上墓穴を掘りたくなかった僕は「僕最近瞑想《めいそう》にハマってるんで。これからします瞑想」と超適当なことを言って会話を遮断した。目を閉じて、なすがままに髪を切られていく。目を開ける気になれなかった。

「終わりました」

一時間もしないうちに、声をかけられた。恐る恐る、目を開ける。

「……なんか、普通ですね」

拍子抜けした。モデルの写真と自分の髪型を見比べた。似ていると言われれば、まあ、似ている。全然違うじゃないですか、とは言えないんだけど……なんだか違う。

でも何が違うのか、うまく言語化出来ない。ただ、オーラがない、オーラが。オシャレなオーラがさっぱり皆無。

「あんまり変えても、まぁ、アレなんで」

アレってどういうことだよ、と思うが、言い返す気力も湧いてこない。カット後、普段つけないワックスをつけてもらっても、いまいち変わった気がしない。ネット初回予約割引で四千五百円、支払って、美容室を後にする。


いつものように病室に入ると、まみずはノートに何か書いているところだった。見覚えがあった。彼女が「死ぬまでにしたいことのリスト」をまとめているノートだ。

「また新しいこと思いついた？」

僕は少しうんざりしながら、彼女にそう話しかけた。

「いらっしゃい、卓也くん」

まみずは僕の方をちらりと見て、熱中しているのか、またノートの方に注意を向け直してしまった。

「何か気がつかないか？」

僕は軽く髪をさわりながら彼女に話しかけ続けた。ワックスのべたつく感触が、どうにも慣れない。

「んー……？」

まみずは一応の社交性を発揮してか、渋々といった様子でノートから顔を上げて、僕の方をじっと見た。

「普段と違うところとか、あったりしないか？」

「あったりしないか？　とか言われてもな……あ、血液型変わった？」

「変わるわけない」

僕の髪型の変化に気がつく様子は、全くといっていいほどなかった。

「なんか骨髄移植したら変わることあるらしいけどね」

「そんな豆知識、全然いらない……」

呆《あき》れながら僕が言うと、まみずは突然気がついたようにベッドから立ち上がった。

驚いているこちらを尻目に、彼女はつま先を伸ばして頭を上げ、僕を見つめてきた。

「なんだよ」

距離が近い。その照れを隠そうとしたせいか、意図したよりきつい言い方になってしまう。

「卓也くん、身長伸びた？」

脱力して、膝が抜けそうになる。自分で言ったことも覚えてないのかよ、と言いかけてやめる。これは自分で説明するだけ、より惨めになるパターンだ。

「絶対、伸びたよ。まだまだ成長期だね」

そう言ってまみずは、手のひらを、僕との身長差分だけ伸ばしてみせた。「いつか私の手じゃ追いつかなくなってさ」人差し指から薬指までを閉じて、立てた親指から小指までの距離を僕にみせてくる。「私がいなくなっても、伸び続けるのかもね」その手を、蝶《ちょう》みたいにひらひらと舞わせて、彼女は言った。

「そのとき、卓也くんは何してるのかな？」

「……そんなに伸びたら、バスケでもやるよ」

別に高い身長に憧れてないし、と思いながら僕はそう言った。

＊＊＊

まぁ、いつか手の届かないところに行ってしまうのだ。

どうしたって、いつまでも一緒にいるわけにもいかない。

そんなことはわかっている、そのつもりだった。

わかっていて、どうして私は卓也くんに関わり続けてしまうのだろう。自分でもよくわからない。

どこかでキリをつけなくちゃいけないんだけどな、とは思う。だって、そうだろう。いつまでもこんな風に、ずるずるといくわけにはいかない。

私は普通の高校生ではないのだから。

もうすぐ死ぬのだ。

最期まで、卓也くんを付き合わせるわけにはいかない。

どこかでケンカした方がいいのかもしれない。そして、もう二度と顔も見たくない、そうお互いに思うようになれば一番良い。

本当に？　自分の中のもう一人の自分が、そう問いかけてくる。

高校が夏休みになったからといって、私の生活に取り立てて変化はない。当然だ。一応、高校に在籍しているとはいえ、病人だから毎日が休み、みたいなものだからだ。変わり映えのしない毎日。

でも、卓也くんはほとんど毎日のように病室に来てくれるようになっていた。会う回数が増え、卓也くんが私の「死ぬまでにしたいこと」を実行していくに従って、私たちの関係も微妙に変化していった。今は少なくとも、最初の頃のような、距離感を推し量りながら接する感じはなくなっている。もう少し気安い、だけどなんて言ったらいいのか形容しがたい間柄だ。

自分で言い出したことだけれど、まさかここまで卓也くんが私のわがままに付き合ってくれるとは思わなかった。

自分の死ぬまでにしたいことを卓也くんにかわりにやってもらうというのも、よく考えれば無茶苦茶な話だ。卓也くんには何のメリットもない。よくこんな面倒臭いことに付き合ってくれるな、と思う。すごく善い人なんだろうか、聖人君子みたいな。

そう思ったときもあったけど、すぐに、違う、と気づいた。卓也くんはそんなに、ヒューマニスティックなタイプには見えなかった。例えば私が死んだら、真っ先に泣くような、むしろそういう人から一番ほど遠いのが彼だった。

それは、冷たいというのとも違う。一見普通の高校生のようでいて、そういう普通がアンインストールされているような、不思議な人だ。

そんな彼といるときだけ、心が楽になる私も、少し変なのかもしれない。

卓也くんは、「次何かある?」と、まるでそれを聞くのが当たり前みたいに聞いてくる。

「もう二度と、私に会いに来ないで欲しいの」

そう言ったら、彼はどんな顔するだろう？と思う。

でもその言葉を、私は口にすることが出来ないでいる。

「次はね……」

私はいつものようにノートのページをめくった。なるべく、くだらないのがいい。暗くならないような、シリアスじゃない、バカバカしいリクエストがいい。真面目じゃなくて、ふざけているのだと思われたい。

そして愛想を尽かして欲しい。うんざりして、もう二度と関わりたくないと、彼の方から思って欲しい。

「じゃあさ、私、カラオケで喉が潰《つぶ》れるまで歌いたいな。そういう青春、謳歌《おうか》出来なかったから。卓也くん、私のかわりに、死ぬほどカラオケで歌ってきて。そしたらどうなるか、教えてよ」

私にそう言われて、卓也くんは何か言い返すかと思ったら、何も言わない。ただ「わかったよ」と言うだけだった。

何を考えてるんだろう。私のこと、どう思ってるんだろう。

そんなことが、少し気になる。

卓也くんには恋人がいるのだろうか。いたとしたら、どんな人なのだろう。

そう言えば、卓也くんは夏休みに入ってから、メイド喫茶でバイトを始めていた。

それも元はと言えば、私が、メイド喫茶で働いてみたかったから、それも私の死ぬまでにしたいことのひとつだったからだ。

たしか、バイトで年上の女の先輩と、仲良くなっていたはずだ。前に写真を見せてもらったことがある。

付き合うんだろうか？　どうなんだろう。

そこまで考えたとき、何故か、心がチクリとした。そのチクリの正体が何なのか、私はあまり真面目に考える気にはなれなかった。


夜になると空に月が昇り、ふと眠れなくて、私はベッドから立ち上がり窓際に立つ。相部屋の他の人を起こさないように気をつけながら、そっと窓を開ける。ゆるい風が吹き込んできて、髪を揺らした。それから私は、上半身を窓枠の外にぐらせて、外の世界を眺めた。

次は何をしよう。

いや、卓也くんに何をしてもらおう。

死ぬまでにしたいことは、次々と浮かんできた。不思議だった。この世への執着を、期待を、断ち切るために始めたことなのに、状況はむしろ逆の方に行っている。

なんだか最近、私は少し楽しい。

卓也くんと過ごす日々が、もう少しだけ続けばいいと思う。

生きることへの執着が、どんどん増していっている自分に、驚いてしまう。

こんなことでいいんだろうか、と思う。

生きることが、楽しくなり始めている自分がいた。

いつの間にか、死にたくないと思い始めている。そのことに気がついて愕然とする。

私、死ぬんだけどな。

調子に乗るなよ、と自分に慌てて言い聞かせる。

死は、私の身近にあって、いつも感情を冷えさせる。

もうすぐ死ぬことを忘れるなよ。

そう言われると、私はもうそれ以上何も出来ず、口を閉じるしかなくなるのだ。

「例の彼氏、そろそろ来るよ」

看護師の岡崎《おかざき》さんに声をかけられて、振り返る。「さっき坂道登ってくるとこ見えた」注射器の針を私の腕に刺しながら、岡崎さんは表情一つ変えずに言った。それに「そんなんじゃないですよ」と返すのも、なんだか月並みだ。

「そう見えます？」

「違うの？」

岡崎さんは、主に私を担当してくれている看護師さんだったが、必要以上にプライベートなことは聞いてこない。私も、卓也くんのことは高校のクラスメイトだとか、そんなことしか岡崎さんには説明していなかった。

「だったら、何？」

「んー……そういうわかりやすい関係性に当てはめられたくない微妙な関係なんです、とか言ったら岡崎さんイラっとします？」

「十代ならまぁ許す」

「じゃ、許して」

採血が終わって岡崎さんは、手鏡を私に手渡してきた。「髪、乱れてるから」そう言われて、確認する。私の顔は相変わらず真っ白で、全然健康的じゃない。

「なんか私って幽霊みたいですか？」

ほつれていた髪を直しながら尋ねる。「綺麗《きれい》な顔してるけどね」「けど？」「いや自信持ちなって」岡崎さんは私から手鏡を取り上げて、まじまじと私の顔を見た。

「なんかついてます？」

「会う前に見た目気にする相手ではあるってことだ」

それが言いたくてわざわざ鏡を渡してきたのか、となんか軽く引っかけられたような気がして釈然としない。別に、私だって十代だしそれなりに自意識過剰だし、誰が相手だって見た目くらい気にするのに。それに照れるのもバカらしいので、私はストレートに、

「うん」

と答えた。それで何故か岡崎さんの方がちょっと照れた感じになった。「ま、まぁ、頑張って」と最後にそれだけ言い残して、病室を出て行った。

すれ違いに、卓也くんが入って来た。

少しひやっとする。

聞かれてただろうか？

その疑念があって、私の方からうかつに話しかけられなくなってしまった。

ところが、卓也くんの方も様子が変だった。

何故か一切、口を開かない。

病室に入ってきたときから、目が合っているにもかかわらず、全く何も喋らない。ベッドの近くまで来ても、まだそのまま。なんなんだろう。変だ。

「やっほー」

しびれをきらして私の方から声をかける。でも卓也くんは、無表情にじっとこちらを見ているだけで、何も言わない。落ち着かない。機嫌でも悪いんだろうか？　何か、怒ってんのかな？　心当たりがあると言えばあるような気もするし、でも、やっぱりない。

「ちょっと、なんか喋ってよ」

これだけ何も話されないと、どうしていいか微妙にわからなくなる。試しに手を振ってみたけど、卓也くんは喋れない呪いをかけられた人みたいに無言のままだった。

どうしよう。

「何か言いたいことあるの？」

唇や声が震えないように、気をつけながら言う。

「黙ってたらわかんないよ」

それでも卓也くんは、無言だった。

何か、言いにくいことを言おうとしてるんだろうか。

例えば、もう会いに来るのやめたい、とか。

不安を抑えながら、なるべく抑揚のない声で続ける。

「はっきり言ってよ」

私はちゃんと自分の意図した通りの調子で喋れてるだろうか。

「なんだよ」

ビックリするくらい、しゃがれた声で、卓也くんがいきなり喋った。

「……何その声？」

当然の疑問を、私はぶつける。

「ガラオゲでうだいすぎた」

ファンタジー映画の老けた魔法使いみたいな声だった。

笑うしかなかった。

「……ぜっだいわらうがら、じゃべりだくながっだんだよ」

カラオケで声が嗄《か》れるまで熱唱する、という私の「死ぬまでにしたいこと」を実行してくれた結果、こうなったというわけらしい。

何それ、と思いながらも、私はどこかほっとしていた。

「何時間歌ったらそんな声になるのさ」

「十二」

「歌い過ぎ」

ときどき卓也くんは、私の言うことを大真面目に聞いてくれ過ぎる。その結果、笑えるようなことになるのだけど。

その日の卓也くんは、口を開くのが苦しいのか、それからもほとんど喋らなかった。私が喋るのに無言で相づちを打つだけで、マトモに喋れる状態じゃなさそうだった。もしかして、この酷い声を私に聞かせるためだけに、わざわざ病室にやって来てくれたんだろうか？

窓から射し込む夏の日差しが、卓也くんを照らし、くっきりとしたコントラストを作っていた。少し気だるげで、とらえどころがないけれど、何故か私を大切にしてくれる。

卓也くんは、私のことどう思ってるんだろう？

聞きたいけど、聞けない。

やっぱり、聞いてはいけないような気がする。

もし私と卓也くんが、こんな風じゃなくて、もっと普通に高校のクラスメイトとして病室じゃなく教室で出会ってたら、違ったんだろうか？　もし私が病気にならなくて、ただの高校生だったら。

学校帰りにどこか喫茶店にでも寄って、この暑い夏を二人で束《つか》の間《ま》、やり過ごしたりしたんだろうか。

そんな、もうあり得ない可能性を、私は考えた。そして、今の自分の人生には二度と訪れはしない、白昼夢のような可能性もまた、人の生を形づくる要素の一つなのだと気づいた。

死にたくないな、と思う。

本当はもっと、卓也くんと一緒にいたい。

この気持ちは、墓場まで持っていこう、と思って、私は口を閉じる。

初恋の亡霊

At first sight

初恋だった——。

俺が渡良瀬まみずを初めて見たのは、中学の試験会場でのことだった。

その頃、うちの親はまぁバカで、多少なりとも俺に期待をしていたらしい。というのは、俺の兄・香山正隆《まさたか》が優秀だったからだ。正隆は、ちょっと優秀さの格が他の人間とは違っていた。スポーツマン風のいけすかないタイプだけど、勉強も出来て、いわゆる、授業聞いてるだけで百点取れるタイプ。

そんなウザい正隆は、小学生のくせして、とくに不平も言わず淡々と進学塾に通い続け、偏差値七十オーバーの有名私立中高に入学。そんな兄の成功を見た俺の両親は、どうやら勘違いをしたらしい。つまり、俺も兄に似ているんじゃないかと思ったわけだ。それで小学生の頃から俺も塾に通い、私立の中高一貫校を受験するハメになった。ところが俺は、試験前日に高熱を出した。インフルエンザだった。でも、試験を休もうという気には全然なれなかった。半分嫌々やってきた受験勉強だったが、ここまでやってきたのだから、どうしても試験は受けたい。

それで俺は無理して、試験を受けることにした。でも受験会場の中学の教室に着いたときは、もうフラフラで、頭なんか全く回ってなかった。記憶した、下らない公式も、全然思い出せない。

入試の最初は算数だった。問題文を見ても内容が頭の中に入ってこない。意味不明な呪文にしか見えなかった。ああ、終わったな、と俺は絶望した。試験時間終了を合図する声が試験監督から発せられたとき、俺は半分も問題が解けていなかった。

俺の今までは何だったんだろう。

次の試験開始まで、しばらく間があった。俺はトイレに行って吐いた。体調悪くて何も食べてなかったから、そんなに何も出てきはしなかったけど、ひたすら胃液が込み上げてきて気持ち悪かった。

最悪な気分で、這《は》うように教室に戻った。教室のドアレールに足がひっかかった。次の瞬間、俺は教室の床に、無様に倒れ込んでいた。

誰もが気味悪そうに俺を見ていた。無表情に一瞥《いちべつ》し、すぐに手元の参考書に目線を戻した奴《やつ》もいた。関わりたくない、そんな無言の声が聞こえてくるようだった。

そんな中、一人だけ、俺に近寄ってきた奴がいた。

「大丈夫？」

女だった。憐憫《れんびん》みたいなニュアンスは、そこにはなかった。かと言って、冷たくもない。ただただ、普通の声。

そして見た。

彼女の顔を。

それが俺の、初恋だった。

多分、一目惚《ひとめぼ》れだった。


彼女は心配そうに俺を見ていた。

「保健室行こうよ。私、ついてったげる」

それに従うわけにもいかなかった。俺は教室に残って試験を受けたかったからだ。

もうすぐ次のテストが始まる。俺を保健室に連れて行ったら、彼女もまともにテストを受けられないだろう。何分か、下手したら十何分かロスすることになる。

それなのに、俺にそんな風に声をかけた彼女に、ちょっと感心した。その、一切の損得勘定なくさしのべられた白い手に、ビックリした。

「いや。試験、どうしても受けたいんだ」

俺はそう言って、彼女の手を取ることを拒んだ。

「じゃあ……頑張ろうね。一緒に受かって、入学式で絶対会おうね」

彼女はそう言って、俺に軽く微笑《ほほえ》んでみせた。

その後俺はというと、なんとかテストを無事に受け終えることが出来た。そのとき俺を支えていたのは、俺に手をさしのべた、さっきの女の子……名前も知らない彼女の言葉だった。

俺の試験に対するモチベーションは、これまで頑張った時間を無駄にしたくないという気持ちから、「その女の子と同じ中学に通いたい」に変わっていた。その気持ちだけを杖《つえ》のようにして俺は、問題を解いていった。


数週間後、少しだけ厚い封筒で、合格通知が届いた。俺は素直に嬉《うれ》しかった。四月になれば彼女に会えると思ったからだ。彼女が同じ中学に受かってる確証なんてどこにもないけど、俺は子供の頃から根が楽天家だったので、まぁきっと受かってるだろう、とそんなことを思っていた。

果たして入学式のとき、彼女はいた。

運命だ、と思った。

俺はそのとき、想像した。

妄想した。彼女に話しかける自分を。

知り合って、あのときのことを話し合って。それから仲良くなって、一緒の部活に入ったっていい。彼女が合唱部に入るなら、俺はバカみたいに童謡を歌ったっていい。いつ頃かわかんないけど、多分夏休みの前くらいがいい。デートに誘う。別に行く場所なんかどこでもいい。映画館でも遊園地でもいいし、彼女が行きたいって言うなら、動物園で意味もなく猿やライオンを眺めてたっていい。

でも俺はそのとき、彼女に話しかけることが出来なかった。まぁ当たり前で、入学式の最中に隣のクラスの女子に話しかけるのは普通に考えて難しい。

でも、後になって振り返れば、あのとき、そんな狂った振る舞いをしていても良かったのかもしれないと思う。気だるい校長のスピーチの最中に、突然立ち上がって、言えば良かったのかも知れない。「君の名前もまだ知らないけど、これから一緒にどこか行かないか？」って。

「名前？　深見《ふかみ》まみず」

彼女について探りを入れると、体育の合同授業のときに、隣のクラスの男がそう教えてくれた。

「何？　香山、お前、気になってんの？」

俺は入学式からしばらくたっても、彼女に話しかけることが出来ないでいた。

「別にそんなんじゃねーけど」

「けっこう、うちのクラスで人気あるぜ」

とその隣のクラスの男は何故か楽しげな口調で、俺に色々彼女の情報を教えてくれた。

「部活とかしてんの？」

俺と彼女に一切の接点はなかった。体育は隣のクラスと合同だったが、男女別なので、会話する機会は自然には訪れない。

「こないだ、スポーツやりたいって、クラスの女子と話してたけど」

「なんか意外だな」

ぱっと見、そうは見えなかった。どちらかと言うと、彼女は文化系の部活に入りそうなタイプだと思っていた。

「でも日焼けすんの嫌なんだって」

焦ることない、と俺は自分に言い聞かせた。むしろ、失敗するのが嫌だった。

「そういやあの子、病弱らしーよ」

へぇ、と俺はぼんやり相づちを打った。そのときはまだ、それが深刻な話だとは思ってなかったのだ。

入学から間もなく、彼女は徐々に、学校を休みがちになっていった。

その隣のクラスの男に聞くと、原因不明の体調不良が続いているという。精神的なものじゃないのか、と噂している奴もいるらしい。

精神的なもの？　そんなことで登校拒否に陥るタイプだろうか？　彼女がそんなにヤワな人間だとは思えなかった。生命力に溢《あふ》れた、強くたくましい人間に見えていた。

彼女が学校に来る頻度は、どんどん減っていった。

それからしばらくして、深見まみずが二週間ぶりに学校に来た日。俺は、今日こそ声をかけようと、彼女の様子をうかがっていた。でも、踏ん切りがつかなくて、放課後になってもアクションを起こせないでいた。授業が終わり、慌てて自分の教室を出ると、どこかに歩いて行く彼女の後ろ姿が見えた。俺は何も考えずに、後をつけていった。

放課後の人けのない図書室だった。

彼女は一人で、黙々と何かの本を読んでいた。

図書室は静かで、誰も話してなくて、だから俺が簡単に声をかけられるような雰囲気は全くどこにもなかった。俺は漫画本コーナーにあった古びた漫画を読むフリしながら、ずっと彼女の姿を目で追っていた。

彼女は少し涙ぐんでいるように見えた。そんなに泣ける本なんだろうか？

その日初めて読んだ本じゃないのか、既にページは最後の方にさしかかっていた。やがて本を読み終えた彼女は、顔を上げてしばらくぼんやりしていた。それから、その本を棚に戻して、図書室を出て行った。

少し迷った。後を追って話しかけるべきか。でもそれより、彼女がどんな本を読んでいたかの方が気になってしまった。

彼女の好きな本のことを知って、話しかけるきっかけにしようと思いついた。その自分の思いつきに、俺は少し酔っていたのだ。

本棚に行き、その本を探した。表紙や背表紙の感じから、すぐに見つかった。静澤《しずさわ》聰《そう》『一条の光』。パラパラとページをめくった。なんとなく、眠そうな本だった。病気の男が主人公らしい、ということだけはわかる。あまり胸躍る感じはしない。バトルとか、なさそうだし。

翌日から深見まみずは、いよいよ学校に来なくなってしまった。

しばらくして、彼女が病気だという話が学年全体に広まりだした。発光病らしいぞ、と誰かが言っていた。それで俺は、はっとした。図書室に行き、もう一度『一条の光』のページをめくった。その作品には、発光病になった男が出てきた。俺は図書室でその本を借りることにした。

読みにくいけどなんとか読んだ。単純な話だった。発光病に冒された男が、病院で死ぬ話。一行で説明出来るあらすじ。ネットで発光病について調べる。治療法はない。一度発症すると、あとは死ぬのを待つだけ。

そんなバカなことはないだろう、と俺は思った。彼女が死ぬ？　それは随分現実感のない話だった。まだ若い。中学一年生だ。死ぬ覚悟なんて出来てない。人生これから色々なことがあるじゃないか。それなのに、死ぬなんて。

何かの間違いであってほしかったし、そう思いたかった。俺は彼女が死ぬことに全然納得していなかった。

あくまで噂話だ。正確なところを誰かから聞いたわけじゃない。他の別の病気の可能性もある。いつか、彼女はきっと学校に出てくるだろう。

とはいえ、俺にも俺の人生があった。中学一年生の俺にとって一年というのは、長い時間だった。ただ彼女が学校に戻ってくるのを待つのには、それはあまりにも長すぎた。

彼女のいない学校はなんだか、写真加工アプリで変なフィルターをかけたみたいに、少し色あせて、くすんで見えた。

俺はなんとなく、部活動でも始めてみることにした。体を動かしていれば、彼女のことを思い出して悶々《もんもん》としなくて済むような気がしたからだ。俺はバスケ部に入った。別になんでもよかったのだが、俺も日に焼けるのがあまり好きじゃなかったのだ。

そんな風に退屈な日々をやり過ごしながら、俺は彼女が学校に来る日を心待ちにしていたが、結局そんな日が来ることはもう二度となかった。

彼女が入院してから、ちょっとシリアスな事件が起きた。

兄の正隆の奴が交通事故で死んだのだ。

俺が中一のときだった。何の変哲もないフツーの交通事故だった。人けのない横断歩道、信号無視の軽トラが突っ込んできて、正隆の体は宙を舞った。そのまま車道に叩きつけられて、頭蓋骨陥没、全身打撲で即死だった。正隆の体は滅茶苦茶《めちゃくちゃ》になっていたらしい。らしい、というのは、親が俺に、兄のその姿を見せてくれなかったからだ。

正隆は死ぬ前最期に、何を思ったんだろう？　そんなことをたまに、ぼんやり思ったりする。軽トラに激突されてから、地面に叩きつけられて死ぬまでの数瞬。どんなことを思ったんだろう。痛いなぁとか、死ぬのは嫌だなぁとか、そんなことだろうか。人間、死ぬときなんて、その程度のことしか考えられないのかもしれない。でもそれじゃ虫や動物と何が違うんだ？

別に正隆が死んだせいだけじゃないけど、俺はいつからか、人生は虚《むな》しい、と思うようになった。

あの深見まみずだって、もし彼女が本当に発光病だとしたら、いつか死んでしまうのだ。

生きることは虚しいし、無意味で無価値だ。正隆のように、明日急に死んでも、文句一つ言えない。そんなものに必死になるなんて、バカみたいだ。そう思うようになった。

そう言えば、正隆には彼女がいた。その女の名前は、岡田鳴子《めいこ》といった。けっこう美人な彼女だったと思う。その女は、正隆の葬式で泣いていた。静かに、声をあげずに、ただボロボロ泣いていたので、俺はそれを見て、なんだかバカみたいだと思った。よくそんなに泣けるなぁ、と感心したくらいだった。

その女が、正隆が死んでからしばらくして、交通事故で死んだ。それを聞いて俺は、別にその女のことをよくは知らなかったし、ふーん、って感じだったけど。でも、なんか変だな、とは思った。交通事故で死ぬ確率ってどのくらいなんだろう？　そんなに立て続けに身近な人間が、同じ理由で死ぬなんていうことがあるんだろうか？　そうは思ったけど、思っただけで、俺はそれ以上考えるのをやめた。別に考えても仕方がないからだ。


それ以来ということになるのか、俺は少しキャラが変わった。そこまで変わったわけじゃないけど、少しずつ変わっていった。

髪を少し長めにして、服装にも気をつけた。なんとなく、周囲に舐《な》められたくなかった。俺は少しチャラいキャラになっていった。

そんな俺は、徐々にクラスの男子からは浮いていったが、一方で女子からはそこまで嫌われていなかった。それは、まぁ、俺が女子に好かれようとしていたからだ。簡単に言うと、モテてみたかった。

それは練習だった。

深見まみずと付き合うための、トレーニングを積もうと俺は思ったのだ。

最初にキスしたのは、中一のとき、相手は同級生だった。結局その子とは二週間くらいで別れて、キスとか手を繋ぐとか抱きしめる以上のことはなかったけど、中二の春には俺は初体験を済ませていた。相手は部活の先輩。

「私のどこが好き?」

全て終わったあと、その女の先輩は、そんなことを聞いてきた。俺は答えに困ってしまった。どこが好きなのか、自分でもよくわからなかった。好きじゃないのかもしれない、と思った。

「年上なとこかな」

俺は自分の服を整えながら、やっとそう答えた。

「香山くんは、甘えたなんだね」

そんな的外れな先輩の返答に、俺は曖昧な笑みを返した。どうやら、勘違いをしたらしい。年上の女性に甘えたい、少しかわいげのある年下の男が好みなんだろうか。

それを演じてやればいいのだろうか。

でも、本当は違った。

俺は単に、口説きがいがあるから、年上の女が好きだっただけに過ぎなかった。その方が、同級生の女を口説くよりも難しいからだった。俺にとってそれは、ゲームみたいなものだった。経験値を積むとレベルが上がる。スライムばかり倒していたらレベルは上がらない。徐々に強い敵を倒していかなくちゃいけない。そういう意味では、俺にとって、女は敵みたいに見えてもいた。

それから俺は、手当たり次第にたくさんの女と付き合うようにした。女にも色んなバリエーションがあるけど、それにいちいち付き合っていると、すぐに疲弊してしまう。そのうち、俺はある単純な法則を見いだした。

人と仲良くなるコツは、自分の内面をさらけ出さないことだ。

人間誰しも、自分の話を聞いて欲しい。会話の九割は、相づちを打って、相手を褒めるだけでいい。そして、たまには、「自分の聞きたいこと」を相手に言って欲しいとも思ってる。だから、それにあわせて言ってやるだけ。

誰も俺の本当の内面なんて気にしてない。相手の望むように、自分のキャラを微調整してやれば、それで良かった。

実際、そんなやり方で十分だった。色んな女と寝るには。

中二になったとき、クラスに岡田卓也という名前の奴がいた。

正隆の彼女の弟が、同学年で、俺と同じ中学に通ってる、という話は聞かされてなんとなく知ってはいた。中二のクラス替えで教室に行ったとき、すぐに目が合った。当然、岡田も、俺が自分の姉の恋人の弟だと知っているのだろう。岡田の俺を見る表情には、なんとなく複雑なものがあった。

それ以来、俺と岡田は教室でよく目が合うようになった。それでも、とくに口をきくことはなかった。岡田は、普段あまり教室では余計なことを喋らないタイプで、それは俺も同じだった。岡田も俺も、積極的に友達をつくったり、誰かに話しかけたりするタイプではなかった。そういう意味では似ていたけど、それで仲良くなるかと言うと、それはまた問題が別だった。

俺と岡田はしばらく、とくにたいした接点もなく過ごしていた。それでもたまにクラスの用事とかで、プリントを手渡したり、体育の授業で用具を手渡したりするときもあった。そんなとき、俺と岡田の間には、何か微妙な緊張のようなものがあった。必要以上に言葉少なに、事務的に会話をかわす。それが俺と岡田の関係だったのだ。

そう、あの日までは。

その頃、すっかり授業をサボり気味だった俺は、教室内の人間関係に関心がなくなっていた。だから、気づくのが遅れたのだけど、いつの間にか、どういうわけか、岡田はクラスでいじめの的になっていた。クラスの人間全員からいじめられているというわけではなく、一部の調子乗った不良グループから目をつけられて、たまに蹴られたり小突かれたりしていた。

そんな岡田の姿を見ても、とくに俺は何も思わなかった。運が悪かったんだな、くらいしか感想がなかった。そういういじめみたいな問題に対して、一個人が出来ることなんて少ない。別にそんな義理もないけど、仮に俺が止めに入ったところで、裏目に出て終わりだろう。何か事態が好転するとも思えない。

まぁ、岡田がいじめられているのを見ていると、心が少しもやもやするのはたしかだった。もしかして俺は、死んだ正隆の恋人の弟であるという理由だけで、安っぽいシンパシーなんか感じてるんだろうか？　いやいや、寒いな、と思った。そんな自分の寒い感情を否定したくて、俺は岡田の姿から目を逸《そ》らし続けていた。

そんなある日のことだった。

「死ーね！　死ーね！」

休み時間、教室の窓の外、ベランダの方から、そんな調子に乗ったような叫び声が聞こえてきた。見ると、その声をかけられている相手は岡田卓也だった。また例のやつか、と俺は冷めた目でぼんやりベランダの方を眺めていた。人間のすることに、そんなにたいしたバリエーションなんてありはしない。今もどこか、別の学校の別の教室でも、同じような光景が繰り広げられてたりするんだろう。関わりたくないな、と俺は正直思っていた。

ベランダの声は、あまりよくは聞こえない。ただ、罵倒が岡田に投げかけられている、そんな雰囲気だけは、窓ガラス越しの教室の中にも伝わってきていた。俺以外のクラスの連中も、微妙な無力感を感じながら、その光景をただじっと見ていた。

そんな風に見ていたら、岡田が急に、ベランダの柵の方に向かって一歩二歩、足を進めた。そのまま、岡田はベランダの柵を乗り越えて、向こう側に飛んだように見えた。ひやっとした。教室じゅうの生徒が、息をのんだのがわかった。岡田の姿はまだ見えていた。ベランダの柵の向こう側のへりに足を乗せて、危ういながらもバランスを保っているらしい。おいおい、待てよ、と俺は思った。お前まで死ぬのかよ、と。いくらなんでも。それじゃまるで、しりとりみたいじゃないか。正隆→鳴子→卓也、何も言葉繋がってないけど。

そんな風に死なれるのは、なんだか後味が悪そうだな、と思った。こいつまで死んだら、俺の頭の中の正隆の死の印象みたいなのが、どんどん強化されて振り払えなくなりそうだ。やめとけばいいのに、俺はつい席を立ち上がり、勢いだけでベランダに飛び出していた。

「つまんねーんだよ、お前ら」

そのまま、とりあえず言葉だけで喧嘩《けんか》を売る。相手は五人。マジで喧嘩になったら負けそうだ。ハッタリかまし続けるしかない。

俺はジャンプして柵を飛び越え、柵の外のへりに着地。後ろ手に柵を摑んでバランスを取りながら、岡田の隣に並んだ。「頭おかしいんじゃねーのか？」と不良が俺に向かって叫んだ。

「おかしいのはお前らだろ」

俺は言いながら、でも本当はわかっていた。柵の内側から、安全なところから、見せ物を楽しむように見ている。不良連中も、それに教室の中の傍観者を装う奴らも。あいつらの方が、本当は正常なのだ。こんな風に柵の外側で並んで、自分の体をゲームみたいに平気で危険にさらせる、俺や岡田みたいな人間の方が、本当は異常で、少し壊れてる。

「お前らなんかより、岡田の方が百倍度胸あるよ」

と俺は言ってやった。岡田は、たいして親しくもない俺が突然やって来たことに、驚いているようだった。そりゃそうだ。だって俺が一番驚いてる。俺は何をしてるんだろう。

不良たちも、皆、俺の後先考えない行動に、呆気《あっけ》にとられていた。とはいえ問題は、俺が本当にこのあとどうするか、どうやってこの場を収めるか、何も考えていなかったことだ。数瞬の沈黙が流れた。誰もが俺に注目していた。

どうすりゃいいんだろう?

このまま、じゃあそろそろ授業も始まるし皆さん教室に戻りましょうか、と柵の内側に引き返すわけにもいかない。普通にボコられて終わりだろう。いやいや。どうしよう。

俺は何も考えずに勢いだけで「まぁ、オレの方が勇気あるけどな」と口走っていた。言ったからには何かしないといけない。脈絡なく、前日の夜にテレビで見た映画で、タップダンスのシーンがあったのを思い出した。摑んでいた柵から手を離す。完全につま先だけで、俺は柵の外側に立っていた。一センチでも足をずらすと、地面に向かって真っ逆さまだ。そこから、俺は自分で手拍子を取りながら、ステップを踏んだ。不良たちも、岡田も、教室の中からこちらの様子を見ていたクラスの連中も、呆気にとられて俺の奇行をただ眺めていた。何をやってるんだこいつは、という顔だった。それはそうだろう。俺だって自分で何をやってるのかわからない。俺はデタラメにそれっぽいステップを踏み続けた。

そこで見てろよ、お前ら。

俺は死ぬのなんて怖くないんだ。

「どうよ！」

俺は得意な気持ちになって岡田を振り返った。

そのときの岡田は、実になんとも言えない表情をしていた。

そして、次の瞬間。

俺はバランスを崩して、二階から落下していた。

マジかよ。

一体世の中の人間のうち何人が二階から落ちた経験があるのか知らないけど、あれはなかなか奇妙な体験だった。ジタバタしたところで、自分の体をコントロールすることも出来ない。もしかして正隆が死んだとき、あの宙を舞ったとき、こんな感覚を味わっていたんだろうか、と俺は地面に落下するまでの数瞬の間に、そんな奇妙なことを思ったりした。

そして、そのとき、ふっと彼女の顔が頭に浮かんだ。もう長い間顔を見ていない、まるで接点のない、初恋の女の子のことが意識にのぼった。

それからの経過は少し退屈だった。

幸い、俺は両足から地面に着地することが出来た。ラッキーといえばラッキーだった。とくに致命的な負傷をしたわけじゃない。超痛かったけど、別に命に別状はなかった。

ただ、俺の足はそれ以来、あまりマトモに動かなくなってしまった。リハビリとか色々やってみたけど、結局その事実は変わらなかった。

普通に歩いたり生活を送る分には大丈夫だったけど、スポーツは無理だろう、と医者に言われた。

まぁ、それで俺はバスケ部を辞めた。

別に俺はそれで凹《へこ》んだりはしなかった。

元々、暇つぶしのために始めたことだったのだ。とくにバスケに思い入れがあったわけじゃない。

そうそう、そんな俺の二階からの転落騒動以来、何故かわからないけど、岡田へのいじめは収まったようだった。俺は、悪ふざけしてて落ちただけだ、と何度も説明したのだけど（実際そうだし）、どうやら、一部の生徒や教師たちはそれを「自殺未遂騒動」なんて大げさに捉えていたらしい。かと言ってそれを表だった騒ぎにしようという人間もいなかった。

ただ、表沙汰にはしたくないにしても、何か対策を打っているポーズを取りたかったのか、教師は急にホームルームで「いじめについて考えましょう」なんてやりだしたわけで、不良たちもいじめがしにくくなったのか、その日以来岡田に絡むようなことはなくなった。

俺自身は、まぁそれならそれで良かったじゃないか、と思ったりしたものだった。別にそのことについて、後悔したことなんか一度もない。

別に、俺と岡田がそれをきっかけに仲良くなる、ということもなかった。

ただ、それ以来、俺たちはたまに言葉をかわすようにはなった。気が向いたら昼飯を一緒に食べたりする程度の仲。休日に会って一緒に遊んだりはしない。友達、って感じではない程度の、微妙な距離感。

俺たちに接点らしき接点はなかったし、特別気が合うということもなかった。例えば女と遊びに行くのに岡田を連れてこうとか、そんな風に思うことはなかった。私服がダサいかオシャレかも知らない。

そうして俺は死にかけて、結局死ななくて、足をダメにしたかわりに何か岡田というちょっと陰気な同級生と知り合いになった。

やっぱり、岡田と話していると、正隆の恋人の弟だったわけだし、どうしても正隆のことを思い出してしまう。

「岡田、お前、好きな子とかいないの？」

学食で岡田と二人で飯を食べているとき、ふと俺は気になって、岡田にそんなことを聞いてみた。

「いないよ」

「俺が誰か紹介しようか？」

「いらないよ。恋愛とか面倒臭そうだし」

岡田は俺の女遊びの件を知っている。その台詞《せりふ》には、よくそんな面倒臭いこと出来るよな、というニュアンスが含まれているように聞こえた。

「なぁ。人間、死ぬときって、何を思い出すんだろうな」

俺が目を合わせずに言うと、岡田も同じように目を合わせずにしばらく考えてから、

「何も思い出さずに死ぬのが僕の理想だな」

と答えた。言われてみると、そうだな、と俺も思った。それから、二階から落ちたあのとき、深見まみずのことが頭に浮かんでいたことを思い出した。

俺はもしかして、このまま自分の初恋から逃げていたら、ずっと後悔するんじゃないか、と、そのとき思った。

俺は彼女に会いに行くべきなのかもしれない。

でも、どうやって？　彼女がどうしているのか、どこの病院に入院してるのかも俺にはわからなかった。

結局、俺が彼女に会いに行くのは、それからまだ随分時間がたってからのことになるのだが。

その会話の後、学食を出て、俺と岡田は中庭をぶらついた。

「俺さ、本当は、一途《いちず》な男になりたいんだよ」

俺はふっと岡田に向かってそんなことをこぼした。

「気持ち悪いこと言うなよ」

と岡田は珍しく笑って、俺にそう言った。

別に恋なんてしなくても死なないのに、どうして人間は恋をしてしまうのか？
そんな青臭い悩みは、頭の中で考えてるだけで解決しない。
だから俺は、彼女に会いに行くことにした。

Her dark past

渡良瀬まみずの黒歴史ノート

ある日の病室でまみずがふと口を開いた。

「ねぇ、卓也くんって、私みたいに何か『死ぬまでにしたいこと』ってある？」

そんなこと今まで考えたこともなかった。

「あ」

しばらく考えて、そう言えば、と思いついたことがあった。

「死ぬ前に、パソコンのハードディスクを叩き割っておきたいかな」

「……見られたら困るようなデータが、入ってるんだね」

まみずは目を細めて、何かを疑うような眼差《まなざ》しで僕を見た。

「いやいや、そういうことじゃなくてさ。誰だって自分のプライベートな領域って見られたくないものだろ」

僕は慌てて言った。

「そういうまみずは、なんかないのかよ？」

「……あった」

しばらく難しい顔をして考え込んでいたまみずが、苦々しい顔になって言った。

「私、死ぬまでに絶対に処分して欲しいものがあった！」

そう言って、彼女は両手を自らの長い髪に突っ込んでぐしゃぐしゃとかき回した。何か恥ずかしい過去を思い出しているらしい。

「卓也くん……お願い。私の部屋に行って。持ってきて欲しいものがあるの」

まみずが震える手で僕の腕を掴んできた。

「B５の赤いＣａｍｐｕｓノート、部屋の一番奥の本棚に、小説と一緒に並んでる」

まみずの家に着くと、律《りつ》さんがちょっと嫌そうな顔をしながらも、コーヒーか何かを出そうとしてくれたが固辞して、まみずの部屋を見せてもらうことにした。入院してからも、彼女の部屋はそのままになっているらしい。

まみずの部屋に入り、中を見回す。

そこだけ、時間が止まってるみたいだった。

ベッドにウサギとクマのぬいぐるみがあって、机は学習机。本棚が幾つかあって、その隅の方に中学の教科書がずらりと並んでいた。まみずが生活していたときの状態が、手つかずで保存されていた。

どこかでこんな景色を見た気がした。すぐに思い出した。僕の姉の鳴子が死んだ後の部屋に似ていた。

まみずに言われたとおりに部屋の奥の本棚を探ると、すぐに何冊かノートが見つかった。どうやらほとんどが授業のノートだった。表紙にわかりやすく「数学」とか「国語」とかタイトルが書いてある。数年前のものなのに、どのノートも真新しかった。パラパラとページをめくると、最初の方で書き込みは終わっていた。中一の一学期で入院したのだから、当然と言えば当然なのだろう。ページの隅に落書きがしてあった。そのウサギとクマは、ベッドの上に置かれたぬいぐるみと、そっくりだった。

一つだけ、タイトルのないノートがあった。まみずの言っていた、B5の赤いCampusノートだった。日記か何かだろうか？　それを鞄《かばん》にしまって、部屋を出た。

僕が病室に入っていくと、まみずは落ち着かない様子で僕を見てきた。

「はやく、はやくノートちょうだい」

「これでいいのか？」

鞄からノートを取り出して、ひらひらとさせてみせる。まみずはひったくるようにそれを奪い取った。それから、自分の胸に抱き留めるようにノートを抱え込んだ。

「見た？　見たでしょ」

「僕が他人のノートを勝手に見るような人間だと思うか？」

僕はむっとした表情を作って彼女に言ってやった。

「………悪かったよ。ごめんなさい」

バツの悪そうな顔で彼女は言った。

「本当に読んでない？」

それでもまだ、まみずは僕を疑っているようだった。それで僕は口を開いた。

「世界中の宝石より、どんなダイヤモンドより君が綺麗だ」

僕がそう言った瞬間、まみずがプルプルと震えだした。

「僕は君のことをこの世で一番に愛してる。このピアノソナタよりも」

ついにはまみずは、耳まで真っ赤にして最高潮に恥ずかしそうな顔をあらわにした。

それは、彼女がノートに書いていた恋愛小説に出てくる台詞だった。記憶喪失のピアニストと女子中学生の純愛小説で、記憶を取り戻した彼がピアノを弾《ひ》きながら愛の告白をする。最後彼は何故かＵＦＯで土星に帰った。実は宇宙人だったのだ。

「……あなたを殺して私も死ぬ！」

次の瞬間、枕が飛んできた。僕はギリギリで受け止めて、彼女をなだめるためにベッドに近づいた。

「いやいや、なかなか良かったよ。ほんと。朝食にバナナパフェ食べるのはリアルじゃないし、恋人の男が宇宙人ってのはいかがなものかと思うけど、光るものは感じたよな」

まみずはそのうちに布団を頭から被って丸くなってしまった。もしかしたら穴があったら入りたかったのかもしれないけど、穴がなかったので布団にくるまったのかもしれなかった。

「まみず、ごめん」

ひたすら謝り続けていると、しばらくしてまみずが顔だけを布団からひょっこり出した。じーっと僕を睨《にら》んでいる。

「じゃあ、見せてよ」

「何を？」

「卓也くんの、人に一番見られたら恥ずかしいもの」

「別にいいけど……ハードディスクの中身か。まみず、見れんの？　けっこう、ハードな内容だけど」

そう言うと、まみずはまた顔を真っ赤にしてうずくまった。

「そういう、やらしいんじゃなくて、なんかあるでしょ」

「あー……そうだな」

しばらく考えて、僕は携帯に保存してあった、とある写真を彼女に見せることにした。

「本当は誰にも見せたくないんだけどな」

「ぶっ」

まみずは吹き出しながら、必死で笑いをこらえるように口元を手で押さえた。

「おかっぱ眼鏡だ」

僕の小学生のときの写真だった。今はコンタクトにしているけど、この頃僕はわりとガリ勉で、容姿のことにはおそろしく無頓着な子供だった。おかっぱ頭にビン底眼鏡をかけた、どうしようもなく冴《さ》えない子供だったのだ。

「トレーナーにカリフォルニアって書いてあるよ？　おかっぱ眼鏡なのにカリフォルニアって……ぷふっ」

「うるさいな」

僕が携帯を取り返すと、彼女は今度は自分の携帯を取り出した。

「ね、私の裸の写真見る？」

いきなり何を言い出すんだ、と思った。

「なんだよ急に」

「ほら、見て」

まみずが自分の携帯を僕に手渡した。画面を見ると、そこには赤ん坊の写真が映っていた。

たしかに、裸は裸だった。

「セクシーでしょ？」

「猿みたいだ」

男か女かの区別もつかないような写真だった。まみずが僕の方に手を伸ばして携帯を操作すると、次の写真が表示された。七五三の写真だった。少し女の子らしくなっている。それからまみずは次々に写真を表示させていった。だんだんと成長していく少女の成長記録。たしかに律さんの言っていた通り、そこには活発な女の子の表情があった。まみずは携帯画面の中で、小学校に入学して、運動会で走って、ハイキングして、歌を歌って、小学校を卒業して、中学生になっていった。あとはずっと病院の写真だった。だんだん笑顔がぎこちなくなっていく。

「ねぇ卓也くん。写真、撮ろっか」

まみずが少し照れたように言った。携帯のフロントカメラを使って二人で写真を撮った。出来上がった写真を見て、まるで仲が良いみたいだ、と思ったりした。

ユーリと声

Yuri and Koe

1

別に大学生になりたかったわけじゃない。

キャンパスまでの、長い坂道を上りながら思う。

桜の色が、自分以外の誰かを祝福しているように見えた。

こんな坂をこれから毎日、四年も上り続けるかと思うと嫌になる。

大学生になりたくてなる奴なんて、どれほどいるだろう？

ただなんとなくモラトリアムを延長するために進学。少なくとも俺はそうだ。

入学式は大学の講堂で行われた。同い年くらいの人間が大勢居並ぶ光景は、少し気持ち悪い。ちなみに俺は、一年浪人している。

学長の眠い式辞が続く。年下の人間に何か言うのは、本人、気分がいいんだろうか？ それとも内心、やってらんないよ、って感じだろうか。

正直、わざわざ浪人までして入る大学じゃない。現役が大半だろう。新入生の顔を見て、なんだかな、と思う。仲良くなれそうな気がしない。

入学式終わりに、新入生向けガイダンスがあった。広い教室に集められる。

俺の学部は、芸術学部なんていう下らない学部だった。

俺は芸術に何の興味もない人間だ。漫画くらいしか読まないし、芸術が赤道直下のケニアなら、俺は南極。文化芸術から最も遠い男、それが俺だった。単に偏差値がいい感じに手頃だったから受験しただけだ。でも芸術学部に来るような奴らというのは皆、嫌な感じに個性的で、髪型もメイクも服も話し方も話題も、一緒にいて少ししんどい。

「じゃあ、皆さんに一人ずつ自己紹介してもらいます」

なんて始まった。地元とか、趣味とか、どうでもいい話ばかりで、俺は全然聞いてなかった。そのうち俺の番が回ってきた。

「香山彰《あきら》です。女の人が好きです。よろしくお願いします」

忍び笑いがこだました。なんだよお前ら、と俺は思った。

色んな女と口をきく手っ取り早い方法。それは、サークルの新歓飲み会に参加することだ。

大学では、四月、連日飲み会が開催されている。そこに顔を出しては、新入生や先輩の女と連絡先を交換した。

俺は正直他人があまり好きではない。人と関わるのが好き、なんて接客バイトの志望動機だけでいいのに、それをつい真剣に口走ってしまうような奴とは違う。

それでも、一人でいることに、たまに耐えられなくなる。で、目を逸らすために、惰性で女と遊ぶ。

知り合った女子と飲み会を抜け出して、家に行った。昼過ぎに目覚めて顔を見合わせたとき、その女（名前は忘れた）が言った。

「香山くん、いつもこういうことしてるの？」

「そんなことないけど」

嘘《うそ》をついても俺は心が痛まない。人に本音を言うことはあまりない。そういうのはダサいと思う。

「私ってセフレ？」

「違うよ」

世間的に、そういう言葉が近いのかもしれない。ただ、フレンドではないだけで。みんな、関係性に言葉がないと安心出来ない。でも俺は、その安心の方が居心地悪い。

安心が嫌いだった。

こないだ岡田に電話で「お前、もっと真面目にやれよ。色々」とか言われた。

俺と岡田は高校のとき友達だったけど、最近はほとんど会わない。別に仲が悪くなったわけじゃない。

現役で医学部に合格した岡田は、今は大学の授業など、そこそこ忙しいらしい。

俺は邪魔する気になれなかった。

岡田は真面目に、生きていた。多分それは、渡良瀬まみずが死んだことと、決して無関係ではないんだろう。

俺には、岡田のように一生懸命になれることは一つもない。だからか、会うのは少し恥ずかしくて後ろめたい。

真面目に、とか言われても。例えば恋愛って真面目にするようなものなのだろうか？　よし、するぞ、と意気込んで真面目に。

恋愛、真面目、ねぇ。

相手がいないし相手が悪い、というのが俺の言い分だった。

別にちょっとセックスするくらいは、いいんだけど。

真面目に好きになれる相手が、俺にはさっぱり見当たらない。

大学の授業なんてのは、極論、真面目に出る必要のないものだ。出席がいる授業だけ出て、テスト前に講義ノート買って過去問丸暗記すればどうにかなる。飲み会で知り合った奴が、訳知り顔で言っていた。

それで俺は大学に行くのをすっかりやめていて、自分の部屋に女の子を呼んだり、空いてる教室に女の子を連れ込んだりして過ごしていた。

なんか虚しいと思いつつ。

四月も終わりに差し掛かり、桜は散り始め、夕方の小雨が作った水たまりの中で、花びらがゆっくり回り出す、そんな頃。

夕方の五時を過ぎていたと思う。中途半端な時間で、キャンパスの人影もまばらになる。晩飯には早いし、タバコもさっき吸った。次の授業まで時間が空いていて、暇だった。

それで俺は、いつもやってるように、大学構内をブラついていた。遠くの柱の陰に、見知った顔を見かけたような気がした。

そのとき、ふとピアノの音に気がついた。

芸術学部にはピアノ学科がある。大学構内で楽器の音が聞こえるのは、普通だった。最初、それが何の曲かわからなかった。俺はクラシックをほとんど聴いたことがない。ショパンやモーツァルトの国籍も知らないし、積乱雲みたいな髪型の作曲家は皆同じ顔に見える。

でも注意して聴いてるうち、その曲が何なのかわかった。

クラシックじゃない。聴き覚えがあった。

俺には昔、兄貴がいた。昔、というのは、今は生きていないという意味だ。

それは、兄がよく聴いていた曲だった。

自殺したミュージシャンの曲だ。

普段俺は兄のことを、全く思い出さない。でもその曲をキーにして、記憶がフラッシュバックした。

「お前は、俺とは違うから」よく兄は言っていた。兄は優等生で真面目、俺は劣等生。いつも、鬱陶《うっとう》しいと思っていた。

曲は鳴り止まない。最初、雑音程度でしかなかった音楽が、いつの間にか自分にとって、意味を持ち始めていた。

原曲は、ピアノ演奏ではない。ギターにボーカルの声が乗る。本来そんな曲だ。

こんな曲を、授業や課題で演奏することはないだろう。

誰かが趣味で弾いてるのか。

一体、誰が？

校舎の中に入って、階段を昇る。

廊下を歩いて探した。近づくにつれ、徐々にピアノの音が大きくなっていく。

廊下の一番端の教室。

俺はドアを開けた。

中に、女がいた。

後ろ姿しか見えない。

髪の長い、女だ。

長いスカートにネイビーのニット、パンプスを履いていた。足が小刻みにペダルを踏む。すらりと伸びた背筋の優雅さとは反対に、その足の動きは忙《せわ》しなかった。

窓が開いていて、鈍い日差しをまといながら風が吹き込んでいた。それが、女の髪を揺らす。

ピアノの音が、どこか悲しく聞こえた。

俺は彼女に近づいた。白い指が見えてくる。異様に長い。

鍵盤に吸い付くように、彼女の指は動いていた。

最後のリフレインを弾き終えて、彼女は一つ息を吐き出した。それから、俺の方を向いた。

白い肌の、まつげの長い女だった。多分俺よりは幾つか年上だと思う。少なくとも大学生には見えない。でも、年齢はわからない。ただ、きっと実年齢より若く見えるタイプなのだろうという気がした。

目に、涙が滲《にじ》んでいた。

俺はそれを見て、微妙にうろたえた。

あんた、なんで泣いてるんだよ？

目を逸らしたくなった。でもその前に、彼女が口を開いた。

「あなた、誰？」

「ピアノが気になって。見に来ただけ」なるべくどうでも良さそうに、俺は言う。

「ここの学生？」

「一応」

「一応？」

「やめるかもしれないし」

入学したばかりなのに。俺はもう今からやめようと思ってるのか？　自分で言って少し引いた。

「あんたは？」

社会人から大学に入学したとか、院生とか、あるいは講師。でもそういう人種には
どこか大学の匂いみたいなのがあって、彼女にはそれがない。普通に生活してる人の
感じ。

「私、ここの大学の卒業生なの」

「って、勝手にピアノ弾いていいの？」

「ダメと思う。内緒ね」

言いながら彼女は、悪戯《いたずら》が見つかってしまった子供みたいな顔をした。

「何年前なの？　学生だったのって」

「それ、間接的に歳聞いてる？」

「じゃあ、名前教えて」

「市山《いちやま》、侑李《ゆうり》」

ゆーり、と少し舌足らずに、外人の名前みたいに伸ばして言った。自分の名前なの
に、なんでそんな覚束《おぼつか》ない感じなんだよ、と思う。

「俺は香山彰。一年浪人してるけど、新入生」

「浪人してる子って、ちょっと独特な雰囲気があるよね」

「別に」

「大人びてるっていうか、捻《ひね》くれてるというか」

「捻くれてるかもね」

自分の現状を一言で表現されると、少し複雑な気分になる。

「そういう市山さんは何してる人なの？」

「んー……ピアノの先生？」

なんで疑問形なんだろう、と思いながら会話を続ける。

「流行《はや》ってんの？　そのピアノ教室」

「なに、その失礼な質問。全然、流行ってないよ」

あけすけな受け答えに、ちょっと笑ってしまう。

「俺が生徒だったら市山さんのピアノ教室、絶対やめないけど。男子生徒多いんじゃない？」

「そういう香山くんみたいなチャラい子は、何故かピアノ習ってる子には少ないんだよ」

「俺、チャラく見える？」

「かなり」

そう言って、彼女はバカみたいに顔をしかめてみせた。

なんか最初の印象と違うな、と俺は思った。妙なギャップ、俺はそういう女にわりと弱い。

大学の授業は退屈だ。高校より教室が大きくなり学生の数も増えると、退屈さが何故か増したような気がした。サボっていてもバレないし怒られない、という環境が人を堕落させるのかもしれない。

俺は授業を聞き流しながら、前に市山さんにもらった名刺をぼんやり眺めていた。

レンタルレコードショップTIMELESS

市山さんがやっている店らしい。大学を卒業してすぐ始めて、だから一度もこの街を離れたことがない、と言っていた。

「全然儲《もう》かってないけど。ピアノ教室の予約が入ってないときだけ開けてる」

今どきレコードを聴く奴がそんなにいるとも思えない。ましてそれをレンタルしてまで聴こうなんて奴がこの世に何人いるだろう?

その名刺をもらったとき、行くことはないだろうな、と思った。縁がなさすぎる。レコードプレーヤーなんて部屋にないし。

名刺の裏に住所と小さな地図があった。大学からは近い。

香奈＞香山くん、今日ヒマ？

こないだ口説いた同級生の女からＬＩＮＥが届いた。それを見たとき、何故か、市山さんの顔がかわりに浮かんだ。

＞ごめん。今日、行くとこあるから。また今度にして

大学の坂道を下りて、駅までの道を右に折れる。住宅街の路地を歩きながら、不安になった。人通りが少なくなっていく。こんな場所に店があって、客が来るんだろうか？

TIMELESS

店の看板を見つけて、ホッとする。

木にペンキを塗った玄関ドア。窓ガラス越しに、中を見た。レコード棚がところ狭しと並んでいて、通路幅が異様に狭い。

入りにくい。人の紹介でもない限り、誰も訪れないだろう。

ドアを開けると、鈴が鳴った。今どき珍しい。床は木で出来ていて、清掃が行き届いているのか、埃《ほこり》っぽさはなかった。

入る前からわかっていたけど、狭い。客はいない。レジにも誰もいなかった。

店内の棚にはぎゅっとレコードが並んでいた。ジャンル別、アルファベット順に並んでいる。目についたレコードを、興味はないけど取り出して眺める。黒人の男がタキシードを着て写っている。

やがて店の奥から足音がして、市山さんが出てきた。

「あれ、香山くん？」

「どうも」

「来てくれたんだ？　ありがとう」

どこまで本気か、市山さんは嬉しそうに笑った。

「マジやる気ないスねこの店」

俺が正直に言うと、市山さんは苦笑いした。

「逆にたくさん人が来ると私一人じゃ困るから。顔見知りしか来ないくらいがちょうどよくて」

その説明は、いまいち腑《ふ》に落ちない。

「よく潰れないね」

「維持費がそんなにかからないから。裏が家になってて。もう一つ玄関があるの。そっちはピアノ教室の看板があって。で、二階が居住スペース」

市山さんの話によれば、客は一日に数人しか来ない。レンタル料は一枚千円。全く採算は取れていないが、ピアノ教師の収入のほとんどを、この店のレコード購入に充ててしまうという。客は大学院生や、音大の教師といった層がこっそり来るだけ。手に入りにくいレコードが大量にあるらしく、遠方からやって来る奴もいるらしい。

要するに俺みたいな奴から一番縁遠い店だ、と思った。

2

知り合いの女子と同時並行でやりとりを進める。

俺がメッセージを送ってないのに、桂子《けいこ》の方からメッセージが連投されてきた。ちょっとウザい。キリがないので携帯を部屋の隅に投げた。

大学に入ってからいよいよ、誰と話しても楽しくない。

誰も彼も子供じみて見えた。キラキラ目を輝かせて、大学生活ってやつをエンジョイしようとしてる奴らを見ると、なんだか嫌な気持ちになった。学生街の定食屋にある大食いメニューの写真を見ると、食べてもないのに腹が一杯になって軽く吐き気がしてくる。俺にとって、大学生活はそんな感じだった。

翌日、香奈《かな》と一緒に学食で昼飯を食った。二人とも次の授業は空いてて、なんとなく構内をブラついた。

「香山くん、さっきから様子変だよ」

「何が？」

「キョロキョロしてる。まるで誰か、探してるみたい」

「別に……」

中庭で、生協主催のバザーをやっていた。

新入生向けに、大学生活を終え引っ越していく学生の不要品が、格安で売られている。俺も香奈も一人暮らしで、なんとなく、掘り出し物でもないかと様子を見ていく感じになった。

「そのうち、私たち同棲《どうせい》とかする？」

「それは無理」

香奈が怒ったように俺の腕を軽く叩いた。無視して、不要品に目を走らせる。カラーボックス、電子レンジ、古ぼけた冷蔵庫、カラーボックス、電気ポット、こたつ、カラーボックス、椅子、カラーボックス、大学生ってカラーボックス好きだな。ふと、古臭い機械が目にとまった。

レコードプレーヤー　四百円也

随分年季の入った代物だ。最近のなんかハイテクめなやつではなく、やけに古めかしいレコードプレーヤーだった。

「今どき誰がレコードなんか聴くんだろね？」

とくに悪意なく香奈が言う。

きっと元の持ち主は、古着とか着て、部屋の中で変なお香とか焚《た》いてた奴に違いない。趣味はヨガと瞑想、市販のルーを使わずにこだわりのカレーを作ること。

俺がそんな妄想をしていたら、香奈が俺の腕を引っ張った。「もう行こうよ」俺はその手を振り払って、レコードプレーヤーを持ち上げた。

「買うの？　何、ネタ？」

「ネタとかじゃないけど」

何のネタにすればいいのかもわからない。「なんで？　ねぇ、なんで？」と繰り返す香奈を無視して四百円を支払い、俺はそのレコードプレーヤーを購入した。

「あれ、また来たの」

市山さんがちょっと驚いたように言った。以前と同じで、客は誰もいなかった。

「なんかオススメのレコードあります？」

「借りてどうすんのさ。レコードプレーヤーなんて部屋にないでしょう」

「今日買ったんで」

俺が言うと、市山さんはどうしてそんなバカなことしたんだ、みたいな口調で「なんで？」と言った。「たまたま」「大学のバザーで」「四百円で」と説明すると、「まぁ四百円ならしょうがないか」と何故か値段が理由で納得した。

「急にオススメとか言われても。普段、香山くんがどんな曲聴いてるのか知らないから。教えて？」

そう言われても困る。市山さんはきっと、どんな曲を聴くかで、その人がどんな人間かを判断する。

「俺、市山さんの好きな曲とか知りたいですけど」

「それはそれで困る」

困ったように言いながら、市山さんはレジから腰を上げた。そのまま、彼女は憂鬱《ゆううつ》な顔で棚の前に立った。

「とりあえず、これとこれとこれとこれとこれとこれ」

冗談かと思ったら本気らしかった。市山さんは謎の素早さでテキパキとレコードを棚から抜き出していった。きっと、全てのレコードの位置を把握してるんだろう。

「ちょっと待って。ここ、レンタル料高い」

俺は慌てて市山さんを制した。レジ横の小さい黒板にチョークで、一枚一週間千円、と書いてある。法外な料金設定だ。ＴＳＵＴＡＹＡを見習って欲しい。

「俺そんなに金ないですから。貧乏学生」

自分で言っててちょっと悲しくなった。

「私が大学生の頃って、信じられないくらい音楽にお金貢いでたけどな。今も貢いでるけど」

「それだけ好きなことがあるって、うらやましいかも」

「好きとかじゃない。呪いなの」

市山さんは真剣な顔でそんなことを言う。俺は返事に困った。

「一度呪われると逃れられなくなるわけで。私だって、好きでじゃないから」

「俺、好きだからやってんだと思ってた」

「とりあえず、じゃあ、三枚。ってか、スピーカーあるの？」

「あー、まぁ一応。安物が」

「よし。もう帰って」

「へ？　いや、俺暇だからこの店来てるんですけど」

「家帰って音楽聴いて。話はそれから」

そう言って市山さんは俺に背を向け、店の奥に戻ってしまった。

家に帰って早速プレーヤーをスピーカーに繋ぎ、レコードをセットした。ターンテーブルが回り、落ちた針が情報を読み取っていく。部屋に音楽が流れ始めた。ジャズだ。俺はなんとなく部屋の電気を消してベッドに横になり、目を閉じて音楽を聴いた。

低いサックスの音が室内に響く。良し悪しも何も俺にはわからない。音楽を聴く才能が、自分にはないのかもしれない。それから、何のために借りたかを思い出す。話のきっかけが欲しかったのだ。でも歌詞もないし、これをどういうきっかけにしていいかわからない。

「お前がこんな音楽聴くなんて。珍しいな」

「うるさい。黙ってろ」

俺は耳を塞いだ。それでもまだ声は聞こえてくる。

「ウザいんだよ」

携帯が震えていた。岡田からだ。何か電話らしい。少し迷って、携帯を伏せた。俺は岡田と話すのが怖かった。それから、スピーカーの音量を少しだけ上げた。

「俺、歌詞ない音楽初めてマトモに聴いたかも」

三日後、市山さんの店に行った。

「あー、そう」

その日彼女は、ぼーっとしていた。なんか雰囲気が、ちょっとおかしい。

「私、雨の日ダメなんだよね。なんか、頭が重くなる」

外は雨。店まで来るのにも、傘をさしてても濡《ぬ》れる程度には降っていた。ぼけっと天井を眺めている市山さんの顔を、俺は覗《のぞ》き込《こ》んだ。目が怖かった。焦点の定まらない、ドラッグ中毒者みたいな目。

「私、この店で、音楽の亡霊に呪われて死んでくんだよ」

「市山さん、いつも意味わかんないです」

「このまま私、ここでどんどん歳を取って、おばあちゃんになる。それで？」

「大丈夫ですよ、市山さん、綺麗だし」

市山さんは俺の方を見て、呆れたように、はー、と言った。

「からかわないで。私二十九だよ」

「全然若いじゃないですか」

十も上なのはさすがにショックだったけど。

3

レストランで、市山さんと二人で飲んでいた。

試しに飲みに誘ってみたら、何故かＯＫが出たのだ。

「香山くんお酒強いの？」

「市山さんは？」

「私、二十歳のときに初めてお酒飲んだの。そういう女の子だった」

「全然意外でもなんでもない」

ピアノ弾いてて大学まで行く人間なんて、きっと育ちがいいんだろう。

そのわりに市山さんのピッチは早かった。がぶがぶとワインを流しこんでいく。

「ってかそれうまいです？　生牡蠣《なまがき》」

「ん、ここ牡蠣《かき》が売り」

なんかよく知らないバルサとかミコスなソースをかけて、つるりと光る生牡蠣を市山さんは飲み込んだ。俺も手をつける。

「市山さん、なんか悩んでます？」

「んー、なんかね、言葉に出来ない」

市山さんの空いたグラスに俺はボトルワインを注いだ。

「言葉に出来ないことがあって。だから音楽聴いたり、ピアノ弾いたりするわけでしょう」

言葉に出来ないことなんて、伝えられた方も、わけがわからなくなるだけで、そんなの困るじゃないか、と思った。

「それ、怠けてるだけです。言葉に出来ないことなんて、世の中そうそうないし、単に面倒くさいだけでしょう。そういう努力を怠ってると、そのうち、肝心なこと何も言えなくなるんですよ」

「それが香山くんの哲学？　哲学科？」

「いや哲学とか哲学科とか哲学専攻じゃなくて事実ですよ」

哲学と事実がどう違うかは、俺もよくわからないけど。

「香山くんはなんでうちの大学入ったの？」

「偏差値低かったから？」

「本当にテキトー。将来どうすんの？　知ってると思うけど、芸術学部なんて就職ないよ。プーだよ、プータロー」

「別に就活すりゃなんとかなるっしょ。先のこと考えてもしょうがないし。なんか元カノみたいなこと言わないでもらえます？」

「元カノどんな人だったの？」

「高校の担任の先生」

「引くわ」

市山さんは、一瞬マジで軽蔑したような目で俺を見た。

「何それ香山くんモテるの」

「それなり」

「なんかモテるコツとかあんの」

「だいたい百個くらい」

「本当にそんなに？　だったら今全部言ってよ。数えるね」

「いやないかもしれないけど」

俺はそこで言葉を切ってワインを飲み干して自分のグラスに更に注いだ。「じゃあ、一つだけ」オリーブを一つ齧《かじ》って、ゆっくりと咀嚼《そしゃく》する。

「好きにならないといいよ」

本当は何か別のことを言うはずだったのに、俺はそんな実も蓋もないことを言っていた。

「好きになったら終わりだと思うんですよね。だから俺、常に人のこと好きにならないようにしてます」

人を好きになったことなんて、俺は今まで一度くらいしかない。

市山さんは小馬鹿にするように笑ってワインを呷《あお》った。それから「香山くんのこと好きになる女の子って、かわいそー」呟くように言って、携帯の時計を見た。

「そろそろ帰ろうかな」

急に何か熱が冷めたみたいな言い方だった。俺は彼女のグラスに更にワインを注いだ。

「発光病って知ってますか？」

その瞬間、市山さんの顔が静止した。

「よく知ってますけど」

何故か敬語だった。

「俺が好きな女の子、それで死んで」

それから俺は、市山さんに、高校時代の話をした。彼女の好きだったところ、顔の特徴、優しくて強いところ、そんなあれこれをずっと喋った。

「香山くんってもしかして、好きになると、途端にうまく相手と話せなくなるタイプ？」

「へ？　まぁ、そんなもんじゃないですか、みんな」

市山さんは酒を飲み続けた。さっきの帰るモードは消えていた。

「他にも香山くんのこと聞かせてよ？」

俺も酔っていたんだろう、色々話した。

子供時代のことから今までのこと、口にしてるうちに、自分の中の思考や感情が整理されていく。ワイン一本がなくなり、二本目に突入して、それもなくなる頃には、市山さんは信じられないくらいに酔っていた。

ちょっとどうかと思う酔い方だった。

「私だって好きでこんな生き方してないし」

前後の脈絡なく突然そういうことを言い始め、顔が赤かった。俺たちが最後の客だった。閉店になり、テーブルから立ち上がろうとした市山さんは、かなりフラついていた。

市山さんはわりとだらしない大人なのかもしれない。

肩を貸しながら店を出た。外は真っ暗で、少し肌寒い。終電過ぎの街には、外を歩いてる人はあまり見当たらない。

市山さんは店の外に出るなり、フラフラと、スイカ割りをこれから失敗する人みたいな所作で足を踏み出し、すぐアスファルトの道路にへたりこんだ。

「おんぶしようか？」

俺が冗談半分でわざと偉そうに言うと、市山さんは片手を掲げて制した。

「いや、いい」

そう言うので、俺はしばらくそのまま つっ立って、市山さんを見下ろしていた。さすがに放置していく気にはなれない。

「ほら、行きますよ」

足を踏み出す動作を見せて、市山さんに、立ち上がるように促した。

「……やっぱり、ためしに、してみて」

「はぁ？」

「おんぶ」

俺は呆れてしまった。もう完全に何を言ってるのかわからない。

「別にいいですけど。じゃあ、はい」

俺はかがんで市山さんに背中を向けた。のそりと動く気配がして、市山さんが俺の背中に掴まってきた。俺はそのまま立ち上がった。

「重っ」

「いや。重くないよ全然、私軽いし」

市山さんが怒ったように言うのがちょっと面白かったので、俺は歩きながら、からかうのをやめなかった。

「私くらいで重いって、香山くん力ないんじゃない？」

本当は、彼女が酔っててうまく掴まってくれないから、余計に重く感じるだけだ。

「香山くんはさ」

市山さんの息が耳にかかった。さっきまで飲んでたワインの匂いがした。

「意外と優しい？」

「優しい男ですけど。変な酔っぱらい送り届けようとしてるし」

何度経験してもこれは中々の重労働だ。

幸い、市山さんの家まで、そんなに距離が離れていないのが救いだった。数分で、彼女の店の前にたどり着く。ドアは開かない。

「市山さん、鍵」

「……ん？　あれ、私、寝てた？」

いくらなんでも、色々無防備過ぎる。もしかしたら、子供のときから、大学生になってあとも、ずっとこうだったのかもしれない。二十九歳の女としてはどう考えても、なんていうか、やっぱり痛い。

「あ、あったあった。鍵、鞄の底に」

玄関を開けて、中に入る。店内は明かりも消えていて、妙に薄暗い。ガラス越しに外の街灯が射し込んで、店内をうすぼんやり照らしていた。

「レジ奥から家の中」

そこに通路があって、どこかに通じているのはなんとなく知っていた。

初めて足を踏み入れる。冷静に考えると、別にここで市山さんを下ろして俺は帰ればいい気もしたけど。

「ここで、靴脱いで」

俺はおんぶしたまま、バランスをとりながら足の動きだけで頑張って靴を脱いだ。いい加減下りてくれてもいい気がするけど、それを彼女も何故か言い出さない。その変な空気を壊したら、同時にこの不用意な親密さも失われる気がした。

「脱がして。私の」

手を動かして彼女のパンプスを脱がせる。ふと思いついて、足の裏をくすぐってやる。

「ひゃ」

市山さんの体が俺の背中の上で揺れた。笑いをこらえているらしい。

「声ひそめて。響くから」

何を気にしてるんだろう？　小さな笑い声すら近所迷惑になるほど薄い壁の家なんだろうか。まさか。

「左曲がって階段」

彼女が言うのに従って階段を昇る。広い家ではなさそうだ。

「そっちのドア。間違えないで」

なんだか家に入ってから急に小うるさい。

寝室は普通だった。ベッドと机と本棚。高校生の部屋みたいだな、と思った。積み重ねてきた生活の重みがない。俺はこれでも、色んな女の部屋に上がり込んだことがある。年上の女も多い。もっと大人っぽい部屋だった気がする。それに比べこの部屋は、学生っぽかった。そこで止まってるみたいに。

背後でドアが閉まる音がした。市山さんが器用に足でドアを閉めたらしい。

ベッドまで歩いて、彼女をその上におろした。

「はー疲れた」

市山さんはごろごろとベッドの上を転がった。子供みたいだ。

「もう無理。眠い。私寝る」

市山さんは目を閉じて、そう言った。

「いや、着替えたりシャワー浴びたりしなくていいの？　化粧落とさないと老けるよ」

「うるさいな。もう明日でいいの」

「あー、本当にだらしない」

俺だらしない奴無理なのにな、と思った。

「じゃ、また明日」と言われてしまう。

「侑李さん」

「わ、急に名前で呼ばないでよ。びっくりするなー」

「もっと二人でいたいかも」

俺が言うと、彼女は少し驚いたような顔になり、でもすぐ余裕をその表情に重ねた。

「いるだけなら」

「うん」

俺はベッドに腰掛けた。そこから先に体を動かすことができなかった。彼女の目は、変に悲しそうだった。

「私、頭がおかしいんだと思う」

少なくとも、自分のことをおかしいと言う人間にロクな奴がいないのは確かだ。

「大丈夫。俺もおかしいから」

「そうなんだ。じゃ、安心」

ゆっくりと自分の体を、彼女の横に滑りこませるように、ベッドの上に横たえた。その自分の素ぶりは妙にたどたどしくて、まるで童貞みたいだ。

「私さ」

彼女は俺を見て言った。

「まだ香山くんに話してないことたくさんある」

「俺もあるよ」

まだ、出会って間もないのだ。

「ゆっくり話してよ」

俺はそこに言えなかった言葉の意味も含ませようとしながら言った。

次の瞬間、俺は実家の自分の部屋にいて、ドアの隙間から岡田の姉がこっちを見ていた。ウンザリした。もうやめてくれ、と思う。

『初めまして。私、お兄さんと付き合ってます』

『うざったいな。いいよそんなの、自己紹介とか』

『聞いてた通り』

『どんな風に聞いた？』

『内緒』

『死ねよ、ブス』

ああ。

もう死んでるのか。

結局眠れないまま、ぼんやり部屋のカーテンを眺めてるうち、やがてそれが白くなって、窓の外に光の存在を感じるような時間になった。侑李さんは熟睡していた。寝顔を見てると、妙な感情が湧いた。それから離れたくて、俺は廊下に出た。

昨晩、侑李さんを背負ってやって来たときは、暗くてよく見えていなかったけど、この家は意外と広い。一階の店はあんなに狭いのに。

こんな広い家に一人で住んでいるのかと思うと、軽くぞっとした。ますます、侑李さんがよくわからなくなる。

廊下に掛け時計がかかっていた。朝の八時。このまま、侑李さんが目覚めるのを待たずに出れば、一時間目に間に合いそうだ。でも、そうするつもりはなかった。多分俺は、真面目に生きる系の優先度がわりと低い。

廊下の先、朝の光が店舗の窓ガラスからずっとまっすぐに射し込んで、床を照らしていた。店は何時からやってるんだろう。起こさなくていいんだろうか。一瞬迷うけど、俺には関係ないと思い直した。

腹減ったな。

一階の廊下の、店とは反対の方にドアがあった。居住スペースのような気がして、ドアを開ける。

四人がけのダイニングセット。奥にキッチンがあった。冷蔵庫は、一人暮らしにしてはやけに大きい。

自慢ではないけど、俺は他人の冷蔵庫の中を漁《あさ》るのが得意というか、好きだった。別になんでもいいのだ。焼いてないウインナーを生のまま齧ったり、そんなので別に何も満たされはしないのだけど、勝手に無断で食べるということが俺の中では重要だった。そうやって食べた、食べ物の思い出は何故か、ずっと印象に残る。

侑李さんの冷蔵庫の中身は意外に豊かだった。

本当はもっと、何も入っていない、ガランとした冷蔵庫を想像していた。でも違った。

調味料も揃《そろ》っている。ポン酢やマヨネーズ、ケチャップといった基本的なもの以外にも、舌の絡まりそうな名前のドレッシングとか。卵、バター、マーガリン、チーズ、牛乳。それから、普段は興味はないのだけど、野菜室も一応開ける。葉物が多い。冷凍庫を見ると、作り置きなのか冷凍されたご飯、それにお徳用のバニラアイスクリーム。製氷皿にも氷がたっぷり。

侑李さんは結構料理とかするタイプらしい。

意外だった。常に外食で済ましていそうだと思っていた。一瞬、侑李さんが起きてくるまで待ったらどうか、と考えた。そして、何か料理でも作ってもらえばいい。そのイメージを、すぐ、頭から払う。

手を伸ばして、作り置きのグラタンを手に取る。食べても、そこまで怒られるとは思えない。

温めた方がいいだろうけど、面倒で、そのまま食べることにする。食器棚を漁ってスプーンを取り出し、座ってグラタンを口に運ぶ。エビの身を咀嚼してるときに、急に声がした。

「で、やったの？」

振り向くと、小さな女の子が音もなく入ってきていて、リビングの入り口からじっと俺を上目遣いに見ていた。

おそらく小学生だとは思う。何年生だろう、ぼーっと考えながらその子供を見る。どこか大人びた顔で、それが生意気に見えなくもない。綺麗な顔をしていた。きっと成長したら、美人になるだろう。

子供相手に何考えてるんだ、と慌てて打ち消す。

それより。

「お前、誰だよ」

なんで侑李さんの家の中に子供がいるのか不思議だった。

「やったの？」

そいつはすーっと来て俺の対面の椅子に座った。まだ子供で、足が床についてない。

それを、子供っぽい仕草でブラブラさせていた。その動きはどこかアンニュイだった。

「誰と？　何を？」

「ママと」

ひゅっと血の気が引いた。体から力が抜ける。

ママ？

「セックス」

子供のくせに何なんだ。

「何言って」

「それで、あなた、ママとどうなりたいの？」

「あのな」

俺は、虚を突かれていた。こんな子供が突然現れるとは思ってなかった。

「お前、ちょっと黙れ」

「声《こえ》」

「は？」

「だから、お前、じゃないって。誰だってお前って言われたら嫌でしょ。失礼だよ。ちゃんと両親がつけてくれた私の名前で呼んで。声。私の名前」

なんだそれ。

「変な名前過ぎだろ。それ、学校でいじめられない？」

キラキラネーム？　とも少しニュアンスが違う。風邪をひいたら、声の声がかすれている、とか、ややこしそうだ。

「で、お前の名前は？」

イラっとしつつ、答える。

「香山。……侑李さんの大学の後輩」

嘘ではないけど、どこか言い訳めいてもいる。

子供がいるって先に言えよ。

そこまで考えて、更にヤバいことに気づいた。

そういえば、食器棚には、食器が三人分揃っていた。

人妻？

俺は慌てて視線を巡らせた。

どっか別の部屋に旦那がいて、のっそり起きてくるんじゃないか。修羅場に遭遇したいなんて気持ちは俺にはない。

「お父さんは？」

「遠くにいるけど」

単身赴任か？　とりあえず、ホッとする。

「それで香山くん、ママとどうしたいの？」

くん、と呼ばれるのもこそばゆかった。

「あのな。言っとくけど」

「ママはやめといた方がいいよ」

いつの間にか声の足のブラブラはおさまっていた。

「そうかもな」

俺は純粋な人間じゃないのだ。好きになりそうな相手も、それは全然俺にとって特別にはなり得なくて、少しでも面倒そうなことがあったら、急に逃げたくなる。

「知ってる？　ママ、頭がおかしいよ」

ここで二人で声と向き合っている状況自体、侑李さんのそのおかしさから来ている気がした。

「香山くんには荷が重いよ。無理に決まってる」

なんだか、最初の入りが舐めた感じで始まって、それからずっと俺は舐められ続けている。

「わかんないだろ」

無理に決まってる、なんて言われると、つい感情のスイッチが入ってしまう。

「私、後で泣くのは香山くんだと思うよ」

二階から階段を下りてくる音がした。ドアを開けて、侑李さんが中に入ってきた。

「二人とも、おはよ」

顔に一切の動揺がなかった。平常モードだ。

「おはよ、じゃなくて」

俺はイラつきながら侑李さんに言った。

「いや最初に言ってよ」

「何がよ？」

「子供」

侑李さんは本当に何一つ動じてない顔のままで、俺の手元のグラタンを見て「あ、勝手に食べてる」と笑った。それから侑李さんは声の横に座った。

「私の娘、声。よろしく」

侑李さんは声を手のひらで指して言った。

「ママ、今度の人、随分若いね」

「ちょっと、やめてよ」

侑李さんはたしなめるような声で声に言った。やっぱり、ややこしい。

「声、香山くんになんか余計なこと言ったでしょう」

「別に何も」

声は拗《す》ねたように言って椅子から下り、歩いて食卓から離れ、俺たちを振り返った。軽蔑してる、という眼差しだった。昔、俺もそんな眼差しを歳上の人間に向けていた気がした。まだ二十なのに、もう俺はそんな目で見られるのか。

「ママ、お腹すいた」

「はいはい」

侑李さんは立ち上がって、冷蔵庫の中身を漁った。その、上半身をかがめてこちらに背を向けながら、野菜室を見てる侑李さんの姿は、これがこの家の日常なんだな、と思わせるものがあった。

「香山くん、グラタンだけで足りる？」

「ああ、うん」

一口、口をつけただけで、結局放置していた手元のグラタンに目をやる。スプーンで、俺がすくったグラタンの痕跡を見てたら、自分はこの家の異物だという実感が遅れてやってきた。

「俺、帰る」

やっと立ち上がる。侑李さんはこっちを振り返らなかった。

「また遊びに来てよ」

侑李さんの声と、

「二度と来ないでね」

声の声が被った。

「わかんないね」

俺はどっちに言うともなしにそう言って、店の玄関から外に出た。

朝の日差しがその日はきつくて、側溝の水たまりもきらめくくらいの強さで、俺はなんだか、責められてるみたいな気分になった。

4

結構パンチ効いてたな。

あれから何度も、あの日のことを思い出した。

俺はこれまで色んな女と寝てきた。

人妻もあるし、彼氏がいる女と寝るのも当たり前だった。むしろそんな女と寝るとき、俺は得したような気分になった。精神的なケアは他人に任せて、性欲でだけ繋がれれば俺はそれでよかったからだ。

でも子供がいるのは初めてだ。

あの、声という名前の小学生。

どう考えても絡みづらい。

俺は今まで、女を苦手と思ったことはなかった。でも、これは違う。子供とか、母親とか、そういう属性の女と真面目に話した記憶がない。

声にとって、侑李さんは母親だ。そう思うと、自分のやっていることが、酷いことのように思えて困った。

それで俺はしばらく侑李さんの店に行くのをやめていた。何もしなくても腹が減っていつの間にか眠くなり、性欲は蓄積されていく。適当にメッセージを送り続ける。誰でもいいのは楽でいい。かけがえのない誰かを愛するより、目の前の女とやるだけの方が、余程心が落ち着いた。

桂子∨香山くんって、将来何になるの?

∨なんにもならないよ

考えても無駄なことは考えない、というのは俺のポリシーの一つだ。どうせ明日病気か事故か天変地異か恨みによる殺人で突然死ぬかもしれないのだ。昔の女の彼氏に浮気がバレて刺されたりとかしてな。あり得る。いつ死ぬかわからないのに、将来のことなんか考えてもしょうがない。欲望に忠実に、楽しんで生きていく。それの何が悪いんだろう。真面目に頑張れなんてただの負け惜しみにしか聞こえない。真面目に頑張らなくていいよ。どうせ死ぬんだから。

深夜に嫌な夢から目覚めて、コンビニに行く。別に買いたいものがあるわけじゃない。欲しいものなんて何もないことを確認するようにコンビニに行って、吸いたくもないタバコを買って帰る。

雨が降っていたけど、結局傘をさしてまでコンビニに行ってしまう。たまに、コンビニに行くことを、依存症みたいだと思う。

そういうとき、俺は何をしているんだろう、と思う。自分の欲望が摑めない。

コンビニを出たとき、電話があった。侑李さんからだ。

「傘忘れちゃった」

バカなのかなと思いながら、俺は侑李さんをスルー出来ないで、結局俺は彼女が雨宿りしてるという駅の改札口まで行った。

「ありがと」

「こんな時間まで何？」

駅の緑色の時計は十二時過ぎを示していた。

「詮索？」

「別に」

「内緒」

「うち来る？」

俺が言うと、侑李さんは目を丸くして驚いたような顔をした。

俺は彼女の手を引いて自分の部屋に連れてった。


「なんか、男の子の部屋って感じがするね」

「子とかいちいちつけてくるのウザい」

「あ、レコードプレーヤー」

侑李さんは俺の部屋の、レコードプレーヤーに反応した。

「今どき誰もレコードなんて聴かないよ」

金にならないことに情熱を傾ける侑李さんが、現実に生きていないようで嫌だった。

そういう意味では、俺は現実だけで生きている。

「声のお父さんなんだけど。私たち、大学で一緒で。音楽が好きな人でさ。ずっと音楽聴いてるの。例えば家に帰るでしょ。そしたら、何よりもまず最初に音楽をかけるの」

「今、何してるの、そのひと」

どこか遠くに行っている、と声が言っていた。

「死んじゃったよ」

　ああそうか、と俺は納得した。

　その人が死んでることに、ホッとしてしまう。

「あのお店は、彼が始めたの」

「きっと優しい人だったんだろうな」

　俺は半分以上皮肉で言ったが、侑李さんはそれをわかった上で、真面目な顔で「そうだよ」と言った。

「ずっとその男のこと忘れないで生きてくわけ？」

　空気が気まずくなった。

「もういいよ、その話」

　俺は話に飽きていた。

「じゃあ、香山くんの話して」

　侑李さんはベッドに腰掛けて、俺の隣に座った。

「香山くんにもそういう人いるでしょう」

「は？　何が」

「初恋の人とか」

無意識に舌打ちしていた。

「怒ったの？」

「傘、あげるからさ。帰ってよ」

俺はドアの方を指差して侑李さんを睨《にら》んだ。

「ありがと」

侑李さんが出て行って、部屋から人間の気配が消えた。俺は鍵を閉めてから、横になって天井を眺めた。

どいつもこいつも死ぬから話がややこしくなるんだ。

ドアが開く気配がした。そしてあの女の気配が、漂い出した。俺は目を閉じて、うずくまった。


好きな奴の方が珍しいと思うけど、俺は梅雨が嫌いだ。雨が陰々鬱々滅々と振り続けて屋根や地面を叩く。じめじめした空気、傘を持ち歩くのも嫌いだ。外に出るのが嫌で、俺は女を次々に家に呼び出してはセックスしていた。

ある日俺は、一日に何人の女とやれるか試してみたくなった。

二時間おきに女が来るように調整した。俺の目標は六人だった。最高記録更新を狙っていたのだ。ゲームでハイスコアを目指すみたいに。

「ごめん、早く来ちゃった」

で、ミスって、女と女が鉢合わせになった。桂子と香奈。

修羅場でも始まるかと思っていたけど、別にそんなことは起きず、二人は平然と顔を見合わせて、笑っていた。気持ち悪かった。

三人でお茶を淹《い》れて飲む。

「香山くんと長いの？」

「長いわけないじゃん」

「私は長いよ」

桂子は浪人の時に予備校で口説いた女で、彼女も東京に同時期に進学していた。

「じゃ、三人でする？」

俺が言うと、二人が氷みたいな目で俺を睨んできた。

そんな時間が長引いて結局、それ以降に来る予定だった女の子をドタキャンする羽目になった。結局記録は四人でストップで、最高記録の更新はまた後日に持ち越しとなった。

それで二人が帰ってから、レコードを返し忘れていたことに気づいた。返却期限を書いた紙を見ると、とっくに過ぎている。

そのレコードを聴いた。相変わらず、よくわからない。何度も聴きながら、目を閉じて、天井を見る。玄関のチャイムが鳴った。誰だろう。ドアを開ける。

外に、侑李さんが立っていた。

「……何？」

侑李さんの顔は、なんだか、怒っているようにも見えた。

「レコード、返してもらいに来た」

今も、鳴っている。空中を指して「これ」と侑李さんは言った。

「嫌」

侑李さんは部屋の中に入ってきた。

「あと、延滞金も。きっちり払ってもらうから。五千八百円」

「五千八百円」

俺はびっくりして少し声が裏返ってしまった。

「何驚いてんの」

「払えるわけない」

「バイトすればいいでしょう」

「俺、バイト嫌い」

「なんで？」

「ダルいから」

俺はため息をついて、LINEを開いた。金を貸してくれそうな奴がいないか、探す。都合のいい女いなかったっけ。俺の方からフェードアウトさせた女。「何携帯いじってんの」あとは、借りるための理屈を考えるだけ。

「金、借りようと思って」

「は？」

「ああ、そうだ。侑李さんも一緒に考えてよ。金借りる方便」

「何を言って」

「ちょっと遠くに住んでる女に『最近何してんの』から始めて、相手の方から『飲みに行こうよ』って誘わせてからの『会いに行く電車代もないからとりあえず振り込んで』とかどう？　あー、でもアレだな。『私の方が近くまで行くよ』って言われたら飲み付き合うだけになるしな。なんかいい感じの理屈ない？」

「香山くん、どんだけクズなの」

「俺？」

俺は侑李さんの方を見て、威張って言ってやった。

「ベテランのクズだけど」

「働けよクズ」

侑李さんに、パコン、と軽く頭を叩《はた》かれた。

5

それで何故か、俺は侑李さんの店でバイトを始めた。

侑李さんの店は流行っていない。客も来ないので、暇だ。

レジ打ちをして、パソコンのエクセルに貸し出したレコードの記録を残しとくだけ。

あとは、手の空いた時間で店の掃除。

その掃除をバイト二日目から放棄して、ぼけっと椅子に座っているようになった。

侑李さんは結構綺麗好きらしく、俺が何もしなくても店の中は比較的片付いている。

ひたすら楽でチョロいバイトを見つけてしまった。

時給は千円。

このバイトは、どう考えてもおいしすぎる。

来る客はいずれも常連、オッサンばっかりだ。

この店に来る客は大体、二パターンに分かれる。

いかにも音楽愛好家って感じのオッサンと、侑李さん目当てで来ているように見えるオッサンだ。あるいは、その両方のハイブリッドなオッサンもいる。が、ともかく、客の八割がオッサンだった。残り二割のオバサンは、多分純粋に音楽が好きなんだろう。そのうち、客の顔を俺はほとんど覚えてしまった。

「ね、侑李さんとバイトくん、一体どういう関係？」

いつも来る男が小馬鹿にしたような顔で言った。

「恋人っす」

なんとなくムカついた俺がそう切り返し、男が怯《ひる》んだのと、俺の耳が強く引っ張り上げられたのが、ほぼ同時だった。

「なんだよ」

振り向くと、声がそばに立っていた。いつの間にか会話を盗み聞きしていたらしい。

「嘘つき」

「でも珍しいよ。バイト雇うなんて」

「俺の前にもバイトの人っていたんですか？」

「何年かに一回雇われて。数ヶ月くらい経って、急にやめて、そしたらしばらく補充されない。で、また何年かしたら、新顔のバイトが入ってる」

「この店、バイト雇ってて潰れないのかな？　とか思うんですけど」

「ああ、それは大丈夫。その間、侑李さん、外のピアノ教室で働いてるみたいだから」

「は？　何スかそれ」

侑李さんは、今の俺のように店番を雇っている間、他の音楽教室に出向いて行って、そこで雇われのピアノの先生をしているようだ。そこの給料が幾らか払いが良いので、バイトを雇ってもトータルでは侑李さんの財布は潤う、という計算らしい。

「なら、こんな店閉めちゃってピアノ教えに行けばいいじゃないすか」

「侑李さんは店をなるべく開けときたいんだと思うよ。ほら、ここのレコード、発光病で死んだ旦那の形見だからさ」

俺は表情を一つも変えなかった。

ただ、なんとなく嫌な気持ちにはなった。

夏休み前の前期試験を、俺は全部サボった。テストを受ける気がしなかったし、どうでもいいやという気分だった。

その代わり、俺は侑李さんの店でバイトしていた。

「ってか香山くん、テスト期間でしょ」

「そうスけど。どうせ単位捨ててるんで」

理解不能、という顔をしながら、侑李さんは欠伸《あくび》した。

「もっと要領よくやんないと。知ってる？　三軒隣、講義ノート屋。うちの常連のおじさん」

「侑李さんって、真面目に見えて、発言たまにクズいね」

「私、真面目そうに見えるじゃん」

確かに侑李さんは、例えば姿勢はいいし、立ち居振る舞いも受け答えも、真面目に見える。大人といっていい年齢なのに、今もどこか「優等生」が似合う。

「高校まで本当にそうだったんだけど、なんか飽きちゃってさ」

それって飽きるとかいう問題だろうか。

「どこまでだらしなければ怒られるんだろう？　見た目とか雰囲気とかちゃんとしたまま、やってみたら、案外何も言われないんだよね。だから、堕落した」

「俺はそういうのすら面倒なタイプなんで」

欠伸して、足を組む。「眠い、マジで」俺は会話に関係なく、独り言を言った。

「世間出たら損するよ」

「いや、どうでもいいんで」

四月のまだいくらか真面目に授業を受けていた頃、教壇に立った講師が言っていたことを思い出した。冴えない顔をしていたので、きっと非常勤だろう。

『今日死ぬように生き、一生生き続けるように学べ』

とか、講義の最初に、学生に対して説教を垂れていた。そう生きられる奴は別にそれでいい。

一方俺は、自分というのが、いつ死んでもいいように生きている。

それは、後悔のないように生きているというのではない。

とくに何も自分に期待していないし、今すぐ死んでも、とくに残念でもないように生きているということだ。

店の隅、臀部《でんぶ》の形にくぼんだブナのスツールを引き寄せて座る。俺が腰を下ろすと同時に侑李さんは立ち上がり、棚からレコードを取り出して、店内の音楽を変えた。

彼女は目の前の人に合わせて、かける音楽を変えたいタイプなのかもしれない。

「香山くん、留年大丈夫？」

「するかも」

「将来が危ぶまれるね」

俺はふと侑李さんの耳にかかったイヤリングを見て、こんなのつけるんだっけ、と思った。

「適当にヒモにとかなるし、いい」

「そっか。そういう手もあるよね。なるほど」

侑李さんは関心したように言った。

「でもヒモになるのが人生の目標でいいの？」

「むしろベター」

「それ自分が人生の主役じゃなくなるってことだよ」

「じゃ、主役のヒモ目指す」

「ハリウッドよりカンヌだね。あ、今度紹介したげようか」

「女？」

「私の友達のヒモ。君の先輩」

なんだそれ、って感じ。

「そんなゴミ、ブロックしたら」

「酷い。大学時代からの友達なのに」

「クズがうつる」

「元々私クズだから、うつしてる方？」

どこまで本気で言ってるんだろう。侑李さんは、なんか大人って感じがしない。大人になり損ねた子供の言い分に聞こえる。彼女の言うことより、その印象の方をつい信じたくなってくるから厄介だ。

「侑李さん真面目だから、クズにロマン、感じてんだよ」

「それつまり、自分は本物のクズで、私はにわかってこと？」

俺は面倒になって一回会話を切って黙った。侑李さんはその間にコーヒーを二人分淹れた。

「彼氏とかは？」

「いないかな」

「作ろうとかは？」

「別に」

「なんで？」

今度は侑李さんが面倒くさそうな顔をした。

「よーし彼氏作るぞ、とか思って恋人を作らないとダメなの？」

「知らないけどさ。俺もそんなの思ったことない」

それから俺は少し考えて付け足した。

「まあ、なんとなく出来ちゃうパターンとか。でも普通多分、好きになって、それで恋人を作るんじゃないの」

「好きになるのも面倒だし、好きじゃない人と付き合うのも面倒でしょ」

侑李さんは具体的な誰かを思い浮かべてるのか、店内の空中を抜けた顔で眺めていた。詮索するのもバカだし、俺も俺で自分の過去を思い出したりした。

「でも、香山くんはまだ面倒くさがるような歳じゃない」

「いいよ別に。だって、面倒くさい相手に、無理に真面目に向き合うのも不誠実だろ。どうせ不誠実なら、不誠実であることに誠実な方がまだしも誠実なわけで」

「何言ってるかわかんない。言葉遊びだよ」

人の話を真面目に聞くには、どうすればいいのだろう。真面目になるきっかけが摑めない。多分この人生の中で何度かあった、真面目になるチャンスというのを、俺は逃してしまったのだ。そしてそのチャンスは一旦逃すと、中々自分のタイミングで変わることは出来ない。人は自分のタイミングで変わるのは難しい。

6

夏休みで、ふと俺は、近頃この大学の街から一切外に出てないなと思った。バイトがない日、俺は都心に出かけた。で、何もすることがないのに気づいた。せっかく東京来たんだし、と、ふとスマホで岡田の住所を検索する。電車で数駅だ。十五分ほど。でも正直迷った。岡田に会っていいのか、わからない。自分が中途半端な存在に思えて、会いたくなかった。でも結局俺は岡田にLINEした。

彼のアパート近くの居酒屋で飲んだが、久しぶりに会ったというのに、俺には話すことがたいしてない。それで、岡田の話を聞いた。

「医学部、忙しい?」

「別に普通だよ」

岡田もその言葉とは裏腹に、何故か、憂鬱そうな顔をしていた。そのとき、ふと、俺は岡田に聞きたくなった。お前もあれ、見えてるのか? でも、そんなこと聞けない。

「香山はどう？　大学、楽しいか？」

「わけない」

俺はため息をついた。

「最近思うんだけど、俺、人生やる気ない」

「そんなこと言われても困るけど」

「多分大学やめるわ」

「やめてどうするの」

「なんとかなるだろ」

「なんとかはなるだろうけど」

岡田が俺を見る目は、なんか、冷たい気がした。どうしてそんな目で俺を見るんだ、と思う。

「岡田、彼女とか出来たの」

「どうでもいいだろ」

「まあどうでもいいけど」

そのまま話は盛り上がらずに終わった。

岡田と別れて家に帰ってきて夜、なんとなく落ち着かない。だけど、自分が落ち着きたいのかどうかもわからない。

目をつぶって布団を被り、意識が無になった。それから少しして、意識がふっと戻ってきた。

その瞬間、ふと思った。

こんな風にいつか自分は死ぬのだ。

無の中に溶けていくように。

他の人は一体、どうやってこの虚しさを乗り越えているんだろう？

生まれてきた、生きた、死んだ、そして意識が無になり、何も認識出来なくなる。この無情さと、一体どうして折り合いをつければいいのかわからない。

喉がかわいたけど、家に飲み物は何もなく、水道水を飲む気にもなれなかった。それでサンダルをつっかけて、外に出る。コンビニに飲み物を買いに行く。その道すがらで、見覚えのある顔に出くわした。

声だ。

深夜二時過ぎ、小学生がこんな時間に。不思議に思いながら、無視できなくて、話しかけてしまう。

「お前、何してんの」

これを許容する侑李さんにも問題がある。

「散歩」声は俺を見て、吐き捨てるように言った。

そのまま、俺は声と並んで歩いた。

「いや、何？」

声は言ったが、そのトーンはそんなに強くなく、歩幅が違うから、そのうち追いついて、二人並んで歩くようになる。

「二人でこんな風に歩いてたら、香山くん、私のこと誘拐してるみたいだね」

と、声は妙な心配というか気遣いを見せてきて、

「だから、おまわりさんにつかまる前に、離れた方がいいよ」

そのどうでもよさを、つい鼻で笑い飛ばしたくなる。

「別に大丈夫だろ。それよりお前、侑李さんに言ってから出てきてるのか？」

「言うわけない。大丈夫、ママは一度寝たら起きない」

「お前な」

「香山くん、ママが好き？」

「別に」

嫌いとかではないけど。

「好きとかは」

よくわからない。

「なんでそうじゃないのに、ママと一緒に寝たの？」

「色々な」

雑に誤魔化せない相手は面倒だと思った。そういう相手と真面目に向き合うのは、気が重い。

声は俺に何か期待しているのかもしれない。そんなことにわかりやすい答えなんてない。それは子供らしい勘違いだと思う。子供は「なんで？」とよく聞くけど、それがなんでなのかなんて俺も知らない。

「昔、お母さんに、聞いた。お父さんはどこに行ったの？　お星様になったよって言われて私、それは嘘、と思った。だから本を読んで調べたの。香山くん、知ってる？　人って生まれ変わるんだよ」

「へー、そうなんだ」バカじゃねーの、と思いつつ、そんな話をしてる方がまだ気楽だ。

「香山くんは知らないんだね。輪廻《りんね》転生《てんせい》って言って、死んだらその人は別の存在に生まれ変わるんだよ」

世迷《よま》い言《ごと》だと思った。

「だから、この世のどこかにはね、お父さんの生まれ変わりがいると思うの」

声はそう言って、微笑んだ。

「お父さんの生まれ変わりは、私に会いたいと思う。けど、記憶をなくしちゃってて、私の存在に気がついてないからさ。私、お父さんが困らないように、探してあげるんだ」

子供の話は、ある程度の年齢を重ねた人間にとっては面倒くさい。とりとめもなくて、何よりバカげているから。一体どうして声と会話を成立させていいのかが、わからない。俺は気づかないうちに、自分が子供だった頃の感覚を、すっかり喪失してしまっているらしい。

「父親見つけて、どうすんの」

俺がもし今急に「実は俺がお前のパパ」と言い出したら、どうなるだろう。

「それ、考えてなかった」

と声は、少し呆然《ぼうぜん》として言った。

「何か話したいこととか」

「香山くんはある？」

「は？」

「死んだ人にもし会ったら、言いたいこと」

そう言われて、ちょっと俺は考えこんでしまった。俺は何が言いたいだろう。死んだ奴らのことを思い出した。誰も彼も若いままだし、俺だけが歳を取っていく。

「俺、身の回りで人が死んだことないからわからない」

「そう」

声はそれ以上俺に何も聞かなかった。

ママには言わないよね、約束、と夜の徘徊《はいかい》を声から口止めされていたが、別に俺は子供との約束を義理堅く守る人間じゃない。

「侑李さん」

バイトのとき、俺は侑李さんにチクった。

「声が夜に徘徊してるけど」

侑李さんは驚いた顔をして「また？」と言った。

「昔、けっこうしてたの」

どうしよう怖いね、と侑李さんは床を見て呟《つぶや》いた。

「強めに言えば？」

「私、声に怒れなくて」

「なんで？」

「後ろめたいからじゃない？　なんか色々」

じゃない？とか言われてもな、と思う。

「こう、私がこんなだから、声もそうなるのかな」

「いやそういう内省とか別にどうでもいいですけど、子供が一人で出かけたら普通に危ないよ」

「そうだね。わかった」

そう言うと、侑李さんは店の奥に向かって叫び、声を呼び出した。

「声」

「何」名前を呼ばれた声は、仏頂面で、侑李さんに対峙《たいじ》した。

「深夜に外を出歩くのはやめなさい」

「してない」

「香山くんから聞いたけど」

そう言われると、声は急にあっさり観念して「わかった」と言った。俺の方をきっと睨んで、声は「もう行っていい？」と言って、返事も待たずに家の中に引っ込んだ。

侑李さんは深いため息をついて、レジの置いてある台に突っ伏した。

「ダメ親だ」

そんなことないよ、と言う気にはなれない。

「香山くん、お願いがあるんだけど」

「嫌です」

「まだ何も。聞いて？」

どんどん面倒くさいことになってきている。引きどきな気がした。もうこのへんで、侑李さんとも声とも、二度と関わりを持たないようにした方がいい。このまま関わり続けていると、きっとロクなことにならない。

「香山くんからも、声に怒ってくれない？」

「ダルいから無理」

「私が怒っても聞かないんだよ」

そんな義理はないし気がするしたくないし、何よりどう怒っていいのかは俺もわからない。

帰り道を歩いていると、子供の足音が俺を追いかけてきた。振り返ると声だ。

「香山くん、裏切ったね」

「別に裏切らない約束してないよ」

「私、香山くんのこと信用してたのにさ」

「勝手に信用すんな」

面倒くさいな、と思いながら、俺は歩いた。声と会話するのが面倒くさい。

「あのさ。声はちょっと甘えてるよ」

俺がそう言うと、声はぎょっとしたような顔をした。

「みんながみんな、お前のこと心配すると思うなよ」

俺はそう冷たく言った。

「こないだ俺嘘ついたけど」

「何が？」

「身の回りの人間、死んだよ。二人死んだ」

「誰？」

それに俺は答えなかった。

それから、俺は一人で歩いて行った。声はもう、俺にはついてこなかった。

横断歩道の向こうに、髪の長い女が見えた。その姿に、見覚えがあった。待てよ、短く叫びながら、俺は走り出した。トラックが横切る。はっとして立ち止まる。次の瞬間、その女はもう、雑踏の中に消えていた。

7

数日して、また声が深夜の街を徘徊しているのを見かけ、俺は迷った。無視すればいいのに、声の姿は無防備過ぎて、何か言いたくなる。

「お前、家帰れよ」

声は駅前の植え込みの段に座ってスマホを見ていて、俺が話しかけると、ウザそうに顔を上げた。

「私の勝手」

「小学生。補導されるぞ」

俺は試しに正論を言った。

「いいよ別に」

「侑李さんは？」

「ん、何か言ってたけど」

声は空中を見て、何か思い浮かべるような顔をした。

「昔、私が言うこと聞かないから、寝る前に縄で体縛ろうとしてて、『虐待だ！』って叫んで暴れたら、それからママはビビってる。あの人、母親であることに全く自信がないから」

こんな子供嫌だ、と思う。隣に座って、俺は声を睨んだ。

「お前、これ何目的？　心配されたくてしてる？」

「バカにしてる？」

「してる」

「家が嫌なの。ママが怖い」

「別に怖くないだろ？」

「それじゃなく、別の怖い」

声は、なんとなくわかるでしょ、という顔をした。言われてみれば俺もたまに、侑李さんのことが、そういう意味で怖い。

「じゃ、俺行くから」

深く関わるのはやめよう、と思い直し、俺は立ち上がった。

「香山くんって本当に無責任だよね」

「責任とかないだろ」

そんなのはどこにもない。俺は常に、何かの責任を背負いこまないように、気をつけて生きている。

俺が別れて歩き出すと、声が後ろからついてきた。

「なんだお前」俺がイライラしながら言うと、声は「私もそっちに用事ある」けろりとした顔で言った。

「これ、やっぱり見る人が見たら、私が香山くんに誘拐されてるみたいに見えないかな？」

「そんなに俺怪しくないし。だいたい、お前みたいな扱いづらい奴、誰が誘拐するんだよ」俺はちょっと呆れながら言った。すると声は、何故か切実な顔で「誘拐してよ」と言った。

「そしたら、俺が犯罪者になる」

「カッコいいじゃん、犯罪者」

「そう？」

「死ぬよりカッコいいよ」

「でも犯罪者の主人公はたいてい死ぬじゃん」

「だね」

トボトボとこんな風に小学生と夜、散歩してる俺は何なんだ、という気がしてくる。

「誘拐のこと、考えといてね」

と最後に言って、声はその日はおとなしく家に帰って行った。


「声が懐くのも珍しいよね」

次の夜、俺は、侑李さんの家でミカンを食べていた。

「別にあいつは、俺に懐いてるわけじゃないと思うけど」

この家はテレビがないから夜は静かだ。

侑李さんはフローリングの床に寝転がって、足を宙に向け、ぶらぶらと揺らしていた。何だろう、美容的にいい感じの体操なのか、それとも単にそうしたいからしてるだけなのか、何となく後者に見えて少しイラっとした。

「侑李さん、もっとちゃんとしなよ」

俺が呆れながら言うと、侑李さんは無表情で天井を眺めながら、「毎日憂鬱で死にそうだよ」と言った。

「俺、傷ついてるとかあんたの特権じゃないと思う」

「こんな家燃えればいいのにってたまに思うよ」

侑李さんはそのだらしないポーズをやめて、ただ目を閉じて仰向けに寝た。そのポーズは、死んでる人みたいだった。

「どうしてそんなこと言うんだよ」

侑李さんは答えず、「声と一緒に遊んだげてね」とだけ言った。


結局、声が夜に出かけるときは、俺がついて行くことになってしまった。

「香山くんは、好き勝手に生きてるからカッコいいのかな」

二人で歩いてるとき、ポツポツと出た雑談は、一度に交わされた言葉というわけでもなく、断続的に続いた。同じような暗い道を歩いてるから、どこで途切れてどこで再開されたのかもわからない、とりとめのない会話。

「別にそんなわけじゃない」

「大学行ってないし。私はちゃんと行ってるよ、学校」

自分の人生を投げ捨てるのは心地いい。真面目より不真面目な方が、誠実な気がする。

「香山くんはずっとカッコいいままでいて欲しいな。変なオジサンになって欲しくない」

「どうせ歳取ったら変なオヤジになるよ」

「なる前に死ねばいいだけ」

なんでそんな簡単なこともわからないの、という感じで声は言った。

「声、自分にもそんな風に思ってる？」

「私？　私は二十代のうちに死にたいかな」

声はつまらなさそうに一つ欠伸をした。眠いなら帰れよ、と内心思う。

「だって、みんな言うじゃない。そんなんじゃ、大人になったら苦労するぞって。そうやって大人にしようとしてくるでしょ。生活とか現実を持ち出して。だったら、簡単な解決策があるな、って私思ったの。大人になる前に死ぬなら、いつまでも大人にならずにいられるんだよ。だから香山くんもそうすればいいよ」

「どうせ死ねずに生き残るんだよ」

大人になる前に死んでしまう病気もある一方で、大人になれない人間というのがいて、そういう意味では俺はそんな人間になりたいのかもしれない。

大学の教室でBluetoothのイヤホンで曲を聴いてたら、

「暗い顔してる。失恋でもした？」

顔を上げると、香奈が横にいて、俺に言っていた。「何？　図星？」面倒で、俺は何も言わない。香奈がイヤホンを外そうと俺の耳を触った。

「ウザいぞ」

俺は不機嫌な声で言った。

「なんでそんなに毎日、辛《つら》そうなの？」

聞かれて、俺は面食らってしまった。

「何か俺、辛そうに見えるか？」

「うん。今にも死にそうっていうか、死相が出てる」

香奈は呆れたように、深くため息をついた。

「真面目に恋人でも作ればいいのかな」

ふと俺が思いついてそう言うと、彼女は暗い顔をした。

「自分が救われるために恋人を作って利用しようってその考えがまずヤバいし、それに香山くんに恋人なんて出来るわけないじゃん」

「なんで？」

「香山くんは恋しないし」

「俺だってするけどな、恋。ってか恋ってなに？」

「私もわからん」

ふと変な衝動がやってくる。末期の人に打つモルヒネのように、これは、やがて死ぬ人間にとって、苦しみを一時忘れさせる麻薬のようなものなのかもしれない。

「暇？」俺が聞くと彼女は、「え、まあ暇だけど」とわりと嬉しそうに言い、俺も実際暇だったのでどうしようかちょっと迷った。それから、とりあえずという感じで「家、行っていい？」と聞いた。「まあいいけど」と言うので家に行った。

部屋は、なんてことない普通のワンルームの部屋だった。片付いてる。綺麗好きらしい。意外に女子っぽくて、へー、という感じ。でもその、へー、も俺の中ですぐにどうでもよくなって、そのへーの感覚に、飽きてしまう。

そのまま、彼女の部屋にあった物を順番に眺めていった。ルームフレグランスの瓶、本棚にインテリアとグルメ本、誰か男のアイドルのうちわ、枕カバーは多分marimekko。

「タバコ吸っていい？」俺が聞くと、彼女は窓の外を指指して、「ベランダ出て」と言った。

面倒に思いながらベランダに出る。意外に風が冷たくて少し驚く。一緒に空のペットボトルも渡されて、それを灰皿がわりにしろということらしい。

何本かタバコを吸って、頭を空っぽにした。侑李さんにＬＩＮＥしようとして、やめた。何度も書き直して結局やめた。

何か操作を間違えたとき、その iPhone を振ると、やり直せる。何度も iPhone を振って、そのうちあきらめた。

それから、自分の頭を雑に振った。

その間、女が何か俺に声をかけてきていた。「ねえ」何度言われても、無視する。欠伸をしながらタバコを吸って、ピストルズの歌を歌った。

振り返ると、女が鍵を閉めていた。

「おい、ふざけんなよ」

何度か窓を殴る。でも女は何かの仕返しのつもりなのか、俺の存在を全く無視して、テレビをつけて見始めた。その顔は、ぞっとするほど無表情だった。

ベランダの外から、窓ガラスを介して彼女を見てたら、小劇場の演劇でも見せられているような気になってきた。

普通の大学生の生活。

俺はそれを見るのが嫌になって、窓ガラスを強めに蹴った。女は無反応をやめない。そっちがやめない限り、俺もやめないぞ、というつもりで蹴り続けてるうちに、感情がエスカレートして、俺は思いっきり窓ガラスを蹴った。

派手にガラスが割れた。

「何すんのよ」

女は呆然としていた。

俺はそれにかまわず、部屋を出た。

俺はその足で侑李さんのレコード屋に行った。

別に何か期待してたわけじゃない。

侑李さんは店にいて、自分で店番をしていた。

「俺、侑李さんのこと好きなんだよね」

俺が言うと、侑李さんは驚いたような顔をした。

「私も香山くん好きだよ。いい子だし」

「いや、そういう茶番はいいんで」

侑李さんは、困った、という顔をした。

「そんなこと、真面目に言われたって困るじゃない。それに」

侑李さんは何かを思い出すような顔をした。

「香山くん、女の子と一緒に歩いてるとこ、よく見るけど。不自由してるようには見えない」

「いや、だからそうじゃなくてさ。……侑李さん、彼氏とかいるの？」

侑李さんは、ため息をついた。

「引かない？」

なんか嫌な予感がして俺は「いや引くかもしれないけど」と言った。

「私、香山くんと一緒なの」

「何が？」

言いながら、俺はある可能性に気づいて、目の前が真っ暗になった。

「たくさんいるんだよ」

侑李さんは怪しく笑って、両手を広げた。指の数だけ男がいるんだ、と言ってるみたいに聞こえた。

「あ、うん」

どうして自分と同じことをしているだけなのに、こんなにショックなんだろう。

「いいよ。大丈夫」

「いいよとか別に香山くんに許可されるようなことじゃないけど」

「そんなつもりじゃなくて」

侑李さんは目線を逸らして、「どうしようかな」と言った。「私、年下がタイプなんだよね」人指し指を顎に当てて、侑李さんは思案げに呟いた。

「今日はそろそろ帰ったら？」

そう言われて、俺は気まずくなった。急になんだか恥ずかしくなってきて、すぐ店を出た。


家で寝ているとき、岡田から電話があった。無視してたら、すぐに用件だけ告げるＬＩＮＥがきた。既読をつけずに読む。

渡良瀬まみずの墓参りの件だった。今年は行かないよ、と俺は返事をした。

＞岡田、お前一人で行けよ
なんでそんなことを言ったのかはわからない。でも、俺がいつまでも岡田にくっついて行くのは、なんか違う。

俺は彼女とは、なんでもなかったのだ。だから、徐々にフェードアウトしていくのが正しい振る舞いのような気がした。

岡田が一人でちゃんと悲しめるようにしてやりたかった。でも、そういうことをいちいち説明するのは面倒で、俺はそれ以上何も言わなかった。

それから更に数日後、侑李さんに呼び出された。

「今度、声の運動会があって」

「あ、そう」

興味なかったし、興味があると思われるのもなんか嫌だった。

「私の代わりに行ってくれない？」

侑李さんのそれは、こっちの「そんなこと言われても困る」も織り込み済みだから面倒くさい。

「他の男に頼めばいいじゃないスか」

侑李さんにペースを握られているような気がする。

「みんな忙しくて」

「俺だって」

「今日バイト来る前、何してたの？」

「大学の勉強？」

「シンプルに嘘じゃん。どうせ寝てたでしょ」

運動会のプリントを押し付けられてしまう。何か書いてある。保護者リレー。おかしなことになっている。

「親戚のお兄さんってことにしとくから」

ふとそのプリントを眺めてたら、侑李さんから何かの試験を課されてるような気がしてきて嫌になった。

「バイト代出そうか？」

その侑李さんの発言に少しイラっときて「いらない」と返事した俺の声は、自分で思ってたよりも荒れていた。

イライラしながら運動会当日、スタート地点に立つ。保護者が走って何が面白いんだ。悪趣味なんだよ、と思う。

隣にいたオッサンが「君、侑李さんと寝てるの？」と急に耳元で囁《ささや》いてきた。

「は？」

俺は思いっきりそいつを睨んだ。

「いや、なんか変だなと思って」

俺は返事の代わりに舌打ちした。

「エロいよね、あの人」

イラっとして、俺はそいつの眉間に握り拳を放った。オッサンは、殴ろうとした俺のその手を受け止めた。

「それがどうしたよ」

膝に思いっきり力を入れて、股間を蹴り飛ばした。今度は命中して、そのオッサンは無言で悶絶《もんぜつ》した。

「キモいんだよ」

俺がそう言い捨てると同時に、ピストルの音が鳴って、俺は走った。昔、兄と競争した記憶が蘇《よみがえ》った。スピードを上げる。

俺は勿論《もちろん》、一番になった。

くだらない駆けっこが終わって、何となく俺は声の姿を探した。

体操着の声は、運動会から離れた校舎裏のベンチに座っていた。どこから手に入れたのか、盗んできたのか、徒競走とか用のピストルを、どういうわけか口にくわえている。

「なんだよ、お前」

俺は呆れながら声の隣に座った。

「見てたよ。香山くんって、カッコいいよね」

口から銃口を離し、声はぽつりと言った。

「別に」

俺はなんて言っていいかわからない。

「足が速くても」

「蹴ったのが良かった」

どこから見てたんだろう、と思うけど言わない。

「香山くん、ママのこと好きなの？」

「それは俺もよくわからない」

俺は小学生相手に何を真面目に答えてるんだろう。

声はピストルをくるくる振り回しながら、「みんな私のこと、子供だから、人間だと思ってないみたい。それとも本当に、私は人間じゃないのかな」と呟いた。

「別に何も言えないだけで、全部見てるのにね」

それから、声は空にピストルを向けて、引き金を引いた。炸裂音《さくれつおん》が鳴った。うるさくて、耳がキーンとする。遠くで、ざわつく声がしていた。

「バカだろ」

俺が言うと、声は嬉しそうに笑った。

8

「そういやさ。ちょっと、最近、声の様子が変なの」

夜、二人でいるとき、侑李さんがそう言い、いつもだよ、と俺は内心思った。

「今度、私が遠出するんだけどね。心配だから一緒に留守番してくれない？」

「あのさ」

そこに声がやってきた。いつからこの会話を聞いていたのかは、わからない。

「別にいらないよ」

そう言う声の顔は、無表情で、俺はわからなくなった。

「ね。なんか様子変でしょう？」

そんなこと俺に言われても、困る。暗い視界の中でシーツを撫でると静電気が走り、一瞬の光を放って消えた。

「お願いね」

「嫌だって言ってんだろ」

俺が少し強い言葉で言うと、侑李さんはそれを受け流すように無視して、欠伸を一つした。その仕草は、声とそっくりだった。


「いなくていいって言ったのに」

翌日、侑李さんに借りてた合鍵で家に入り、俺は声が帰宅するのを待っていた。声は帰宅するなり吐き捨てるようにそう言って、俺を無視して洗面所に行った。手を洗う音が聞こえてくる。

「俺だって別に」

別にお前のこと、心配してるわけじゃない。

「香山くん」

戻ってきた声が、つまんなさそうに俺に聞いた。

「人はどうして死ぬの？」

「そんなのに、どうしてもクソもない」

俺はソファーに寝転がって、声を見上げた。

「死ななくてもよくない？」

「そういうのは俺に聞くな」

「誰に聞けばいい？」

俺はそれには答えずに、スマホをいじろうとしたけど、充電が切れていた。

「誰に聞いてもわからない」

俺は仕方なくそう答えた。

「そういうのは、やり過ごせ。みんなそうしてる。大丈夫。やり過ごすためのあれこれに、この世は満ちてる。子供らしくスマホでYouTubeでも見て、スライムでも作ってろ」

「うるさいな。バカ」

声は床にしゃがんで、俺と目線を合わせ、睨んできた。

「言葉汚いぞ」

「虚しいんだよね」

小学生と真面目な顔で睨み合ってる自分が、なんだか滑稽で、笑えてくる。

「そんなの俺だって虚しいよ」

何を小学生相手に。

「一度だって、ママは私を人間として見ないよ」

「別にそんなことないと思うよ」と言いつつ、それは単に何も考えず、自動的に返事をしているだけだ。

「子供ってフィルターで、別の人間って扱われてるみたい。そして、子供らしくない私が、ママは不満なの」

「具体的に何が不満なの？」

「例えば私が、死にたい、って言うと、ママは怒るよ。セックスって言っても怒る」

「そりゃな」

「香山くんはでも、大学生らしくないね。全然、キラキラしてないとこが」

「そうな」

どうせ、くすんでるよ。

青春のきらめきとかそんなことは、二度と自分の人生には訪れないだろう、という予感がする。

「香山くん、どうしてそんなに心が枯れてるの？　まるでママと同じ」

そう言われて、思い当たる節がないではなかった。

「人が死ぬと心が根腐れして終わんだよ」

「そっか」

声は脱力して床にごろんと仰向けに寝転がった。それから上目遣いに俺を見て「ママのまね」と言って両足をバタつかせた。俺はそれを無視した。

夜に侑李さんから電話があった。

「ごめん、今日帰れない」

その言葉の裏に無限の妄想が広がりそうになるのをシャットダウンして、俺は呆れた声を出した。

「あのな、少しは考えてよ」声のこととか。

俺が言うと、侑李さんは言葉だけ「ごめんね」と謝まって、それから「お願い泊まっていって」と色々問題のあることを言った。

「あんた、そんな自分のことだけで精一杯なんておかしいだろ」

「知った風なこと言わないで」

そのまま電話が切れた。

「ねー、お腹ペコペコ」

俺は頭をかきむしりながら、「カップ麺かなんか作るか?」と聞いた。

「だけじゃ嫌。寿司がいい。寿司ラーメン」

「どこにそんな金」

俺が呆れて言うと、声はニヤリと自信ありげに笑って、引き出しを開けた。封筒を取り出し、中身を俺に見せる。

「ここにこんな金が」

一万円札が大量にあった。タンス貯金。

不用心なんだよ、と思った。

結局その金で寿司の出前を取って、カップ麵を一つ作りそれを二人で分けて、本当に寿司とカップ麵。変な晩飯。食べ終えて、

「退屈だ」

と声が言った。

「あ、そうだ。ワイン飲む？」

声が部屋の隅を指差した。見ると、ワインセラーがある。「パパの形見」そんなの捨ててしまえばいいのに、と思う。

「そろそろ適当に寝ろよ」

俺が言うと、「眠れない！」と声は叫んだ。うるさい。子供、苦手。

「ベッドでトランポリンしてやろうかな」と声は悪い顔で言った。「ママがいたら出来ないことだもんね」「勝手にしとけよ」タバコが吸いたいけど、さすがに声の前ではと思う。

「ねー……ねー！　子供って何歳くらいまで？」

「知らねーよ」

「何歳なら、子供らしくなくていい？」

「別に今すぐ大人になれよ。大人・子供、そんなの言葉遊びだろ」

そう言う俺自身が大人か子供か、いまいち微妙だ。

「あー、私、憂鬱だよ。明日も学校。明後日も。その次の日も。その次も次も。次も次も次も次も次も!!　早く私も大学生になって、スナフキンみたく香山くんみたく、自由に生きたい」

「自由って、そんなにいいもんじゃないだろ。何してもいいとさ、別に何かするほどのことなんか人生に何一つないって気づくから、ダルいだけ」

「虚無的〜。香山くんがそうなったの、きっかけあるの？」

「いいからもうお前、風呂入って寝ろよ」面倒くさいんだよお前。

交代で風呂に入ることにして、声が先に入り、あとから入った俺が風呂から出ると、気配がなかった。

「声……………？」

家の中を探す。隠れんぼでもしてるつもりだろうか？　クローゼットの中まで見たけど、見つからなかった。

家の中に声はいなかった。

ふざけんなよ。

俺はため息をついて、靴を履いて外に出た。

夜、走ってると、車の音がいやに耳につく。岡田の姉が葬式で泣いていたときの顔がフラッシュバックする。なんか葬式の記憶多いな、と思う。

気づけばいつのまにか俺の横を、兄が並走している。本気で競争して、一度も勝てたことがない。彼は俺を置いて、先に行ってしまう。それが現実に対する不吉なサインみたいに思えて、俺は、本当に生きているのが嫌になる。

なんで俺がこんなこと。やってられない、やらなければいいのにと思う。

声は、どこにいるんだろう？

今まで夜に声を見た場所を、しらみつぶしに見ていくしかなかった。いくら探しても、声の姿は見当たらない。小学生のくせに、家でおとなしくしてればいいのに。声を探して歩き、見つからないことにも嫌気がさして、遠くを走る救急車の音にゾッとして、親って大変だなとか、絶対俺は結婚しないぞ、とか思う。

探し疲れて、近くの公園のベンチに座りこむ。俺は知らない。なんの関係も責任もない。でも、本当にそうか？

「香山くん」

振り返ると、声がいた。

俺は大きく舌打ちをして、手で、顔を隠した。

そのまま声は、俺の隣に座った。

「どうしたの」

「あのな」

俺は呆れながら、でも中身のあること一つも言えそうになくて弱った。

「家、嫌いなのか？」

「あそこ、死んだお父さんがいる」

「幽霊なんかいねーよ」

「そういう、目に見えて喋ってくれるような、わりに親しみが持てる系じゃなくて、亡霊みたいに死んだお父さんの気配があるから」

声の言っていることは、俺には不思議にわかった。人が死んだ後、そのひとの「気配」だけが家に残る。気配だけで、当の本人はいないから、どうしていいかわからなくなる。

「俺、別に前向きなこと一つも言えないから」

「別に。そんなのウザいし。誰だって辛いんだとか、それでも前を向いてとか、限られた時間を死んだ人の分まで一生懸命とか、ありきたりのキモい言葉、期待してない」

「だよな」

俺は、彼女が死んでから、ずっと虚しい。

なんでこんなに毎日、虚しいんだろう。

前向きになんか、なれるはずがない。前なんか向きたくない。前を向くことで、何かを裏切ってしまう気がする。

「香山くん」

声が言って、俺は黙る。

「私はどこに行っても何をしても虚しいけど、どうすればいい？」

世の中に復讐《ふくしゅう》するように、不誠実に生きてみたところで、結局は「虚しい」に戻る。何を始めればこの虚しさから解放されるのか、俺は知らない。

「何でもいいんだよ。お前も俺も、難しく考えないでいい」

本当にそうか？

それは、今の俺だ。捨てられたペットボトルみたいに暗い黒い海を、漂ってるだけ。

そのまま、あとは何も話さず、声が落ち着くまで待った。それから二人で家に帰って、俺は声の横に布団を敷いて寝た。夢の中でなら死んだ人に会えるような気がした。でも夢は見なかった。

遠くでインターホンが鳴り、玄関のドアが開く音で目が覚めた。声も同じタイミングで起きたらしい。眠い、と言う声を置いて、ダルい体を引きずり玄関に行く。

「おはよ」

玄関口に、侑李さんと、男がいた。

四十代くらいの男。目つきが柔らかい。

「それ、誰？」遅れてやってきた声が、侑李さんにそう聞いた。

「この人と結婚しようと思ってて」

侑李さんが言い、俺も声もフリーズした。

「勝手にすれば」

ため息をついて、声は背を向けた。一人で家の奥に歩いて行った。

「俺もさすがにどうかと思うよ」

と言い置いて、俺も声の後を追う。

「もうママと、やってられない」

声は言いながら、「家族、解散する」猛然とリュックに荷物を詰め始めた。

「どうすんだよ」

「家出でしょ」

「やめとけば？　どうせ、帰ってくることになってダサいだけ」

「わかってる」

「ならいいけど」

すぐに荷物の準備を終えた声は、俺の手をやけにしっかり握って「さ、行こう」と言った。

「いや待て。おかしい」

俺はそんな風に自分の方が常識人みたいな役回りを押し付けられているこの状況が

嫌だった。

「どうして？」

「どうしてじゃねーよ」

そのまま声に手を引かれ階下に下りて行き、侑李さんたちと対峙する。

「あのさ。声、ちゃんと聞いてよ」

「聞きたくない。それに、ちゃんと話を聞かないといけないのはママの方だよ」

「どうして？　今までそんなこと」

「別に今までだって、ママのこといいと思ってたわけじゃないけど。もう今回、我慢の限界」

「あのさ」

「うるさいな」

「音量がうるさいのは声の方じゃん」

「私、出てくから」

「出て行けばいいよ」

俺は、開き直る侑李さんを、ちょっとマジかよって気持ちで見ていた。

「さよなら」

声が言って、外に出る。

「香山くん、ありがとうね」と侑李さんが言った。

何がありがとう？　ああそうか、一日子供の面倒を見てくれてありがとう。そりゃ確かに、と思いつつムカついた。

「俺も侑李さんに付き合いきれないな」

俺は正直にそう言った。

「別に誰も付き合わなくていいよ」

「なんでそうなるわけ？」

「もう疲れてるんだよね。どうでもいいんだよね。真面目に配慮するのがしんどいんだよ」

大人のくせに、ただ本音を言えばいいってもんじゃないだろ。

「バカバカしい」

俺はもう、侑李さんとそれ以上会話を続ける気にもなれなくて、その家を出た。

外に出て、声を探した。見当たらない。

子供は怖い。話が通じるようで、半分くらいしか通じなくて、言葉以外で何か考えてるし、説得されたふりをするだけで、内にどろどろを溜《た》め込《こ》んでるから怖い。

しばらく探すと、駅の切符売り場で声を見つけた。

「何やってんだよ」

俺は呆れながら声に言った。

「香山くん、お金はあるよ。持ってきた」

声はそう言って、リュックから万札を何枚も出し、団扇《うちわ》のようにヒラヒラさせた。

そのときちょうど、俺のスマホが立て続けに鳴った。俺にLINEを送ってくる奴なんて、限られている。きっと俺はだらしないから、そいつらを自分の家に呼んで、ただだれた生活を送るんだろう。声をここで見送って。もう二度と関わらない。

「どこ行きたい？」

俺は声に聞いた。

「熱海《あたみ》で温泉」

俺は二枚買って、一枚渡した。

日々の生活にうんざりしない奴なんて、いるんだろうか？

俺は毎日、生活にも、自分にもうんざりだった。

声の手を引いて、ホームに並んでるとき、侑李さんから電話があった。

「香山くん、声知らない？」

探しているらしい。

「知らないっす」

俺はそれだけ言って、電話を切った。

声が少し不安そうに「でもこれ、本当に香山くんが誘拐してるみたい」と言った。

やっぱりそうかもしれない、と思った。

9

貯金は少なかったけど、バイト代は使ってなかったし、日々の生活も女に出してもらうのが多かったから、多少金はあった。それに、金なんてどうにかなるだろって楽観がなければ、バカみたいなことなんて出来ない。

電車の中で、声は疲れて寝ていた。

電車を乗り換え、熱海に着く。スマホで宿を検索して、温泉宿を予約した。

宿について荷物を下ろし、畳の上に落ち着き、二人で話した。

「生きてるとつまんないこと多いね」

「人生、つまんないのが当たり前だから」あぐらのまま俺は横になって、脇腹を伸ばした。

「世の中の楽しいこと全部、楽しく見えなくなって。そんなこととして何か意味があるの、そう考え出したらもうドツボだね」

それ言いだしたら、生きてること全般そもそも虚しいだろ、内心そう思った。

「お前、温泉入れば？」

「興味ない」

「いや何しに来たんだよ」

「香山くん、一人で行けば？」

「俺もどうでもいい」

結局、部屋のユニットバスに交代で入った。

声はしばらく部屋で、キャンディクラッシュでキャンディをクラッシュしていた。

それは家でしていることと、何も変わらない。でも、もしかしたら声は、家にいると、家にいるようにはくつろぐことができないから、わざわざ出かける必要があったのかもしれない。

「香山くん、落ち着いてるね」

「別にそんなに」

「だって。全然、普通、みたいな感じじゃん」

「内心は落ち着かないよ」

それは嘘で、俺は冷めていた。

どうせ眠れないから、夜になるとまた散歩が始まって、俺たちは宿の外に出た。二人で歩いた。

「このあと、どうする？」

「お金が尽きるまで、続けようよ」

大して金があるわけでもない。金がないと、いずれどうしようもなくなる。宿代だってバカにならないし、生活費だってかかる。

「金のことは気にすんな」

子供が気にすることじゃないよな、という気がした。

それから俺と声は色んなところに行った。当てもなく電車に乗って、出かけた。目的地はない。どの方角に行くかも決めてなかった。ただ、思いつきで動いていた。

バカみたいな買い物をした。声は、化粧道具と、夜にブラックライトを当てると光る、というボディペインティングの塗料を買っていた。俺はサングラスをかけてみた。

どこに行く当てもない旅は気楽でよかった。意味のないことをするのは楽しい。建設的な生き方よりずっといい。

ある時は高級レストランに二人で行った。それから、ゲーセンで遊び、疲れたらホテルに泊まった。俺が寝てると、声が隣に潜り込んできて、二人で眠ることもあった。

そういう生活を何日も送った。

電車に乗るのに疲れてきた頃、声が「お腹がすいた」と言った。それで適当な駅で下りてハンバーガーをかじった。それから、声が「車に乗りたい」と言った。レンタカーを借り、二人でドライブに出かけた。

「死ぬかと思った」

車から下り、開口一番に声が言った。真っ青な顔で、だいぶウケる。

「香山くんの運転、ひどすぎるよ」

「そうか？」

「いつ免許取ったの」

「浪人中」

「それで、免許取ってから何回運転した？」

「初めてだけど」

声が、ひっ、と短い悲鳴をあげた。

競馬場に来ていた。声が、競馬やってみたい、と言い出したからだ。もちろん、声は馬券を買えないから、彼女の予想を聞いて俺が代わりに馬券を買った。声は、名前が好きだからとか、毛並みがいいとか、そういう理由で選び、馬券をどんどん外していった。気持ちいいくらい手元の金が減っていく。

「最終レース、全部賭けてみる？」

声が自分のリュックから金を取り出して、バカなことを言い出した。

「好きにすれば」

「じゃ、好きにする」

どうせなら万馬券、と声は言い出して、当たりそうもない馬券を指定した。「当たったらどうする？」「どうせ外れるだろ」俺はそう言いながら、馬券を買った。それから、ちょっと考えた。「何もしたいことが浮かばない」「私も」競馬場にファンファーレが鳴り、レースが始まった。「あ。東京ドーム買えるかな」「無理じゃね」買ってどうするんだよ。やがて最終コーナーを回り、俺たちの買った馬は先頭を走っていた。ふと、自分が有意義な人生を送れるかもしれない確率なんて、この万馬券みたいなものじゃないか、と思った。そして、もし当たっても、何をしていいかわからない。俺たちの馬は最後で次々と抜かれて、後方に沈んでいき、結局馬券は外れた。

「あー、どうしよ」

あとは俺の手元の貯金しかない。それも、たいした額とは言えない。

「だったら、おじいちゃんのとこに行く？」と、声が言った。

声の死んだ父親の実家が長野にあった。しばらく会ってない、と声は言いながら、電話で連絡を取り、行く手はずを整えていた。

翌朝、新幹線に乗って、長野に向かう。

「てか、俺のことは？」

「何も言ってないから。自分で説明してよ」

俺は小さくため息をつきつつ、目の前の雑誌に目を落とした。

発光病の記事だ。見出しが目について、キオスクで買った。

発光病の原因となる物質を発見。新薬開発が期待される。似たような記事を、何度か目にしたことがある。具体的に何か、画期的な治療法が見つかったという話は聞いたことがない。そんなニュースを見る度、俺は複雑な気分になる。

もしいつか、それが不治の病じゃなくなったとして、自分はそれを素直に喜ぶことが出来るのか。怪しいし微妙だ。ズルい、と思ってしまう気がする。

駅前まで迎えに来ていた、声の親戚だという男と待ち合わせる。そいつに「あんた、誰？」と言われてしまう。

誰？　その声を、俺は自分に向けてみる。

「近所のお兄ちゃん」

声が間違ってないけど腑に落ちない説明をした。

やがて車が声の祖父の家に着いて、車外に出て体を伸ばす。駅から約一時間、結構遠い。

見た感じ、普通の家だった。茅葺《かやぶき》とかそういうのではない。中に入ると、皺《しわ》くちゃの人間どもが出てきた。苦手だ。

声は「よく来たねー」とか「大きくなったねー」とか、その手のありきたりを聞かされていて、本人も面倒そうだったけど、俺の方がよっぽどダルい。それから「あんた誰？」と言われはしないけどもそれと似たようなことを言われ、声は先ほどと同じように「近所のお兄さん」と説明し、よくわからないけれども深く聞くのはあとにしとこうという空気感になって、とりあえずの留保つきで声の親戚達は俺を受け入れた。

結局、その家にとどまり続けることになった。

すぐ終わるかと思っていたけど、声は長期戦の構えだった。それも初日の夜に、NHKで大坂夏の陣の歴史ドキュメントを見て、長期籠城を決意していた。

「豊臣方《とよとみがた》、結局負けるぞ」と俺は言ってやったが、声は「私が歴史を変えてみせる」とまるでタイムトラベラーじみた抱負を抱いていた。

かき氷機なんてどこにあったのか知らないけど、出てきた。普段使ってる形跡はない。それが、田舎っぽい家のイメージの期待に応えようとして一応置いてます、みたいに見えなくもない。

声の方はというと、猫じゃらしに翻弄される猫のように、その玩具《おもちゃ》じみた器具に自分の幼児性を引き出されて、「こんなのうちになかった」と言いながら、かき氷を作りたい気持ちで一杯だ。巻き込まれないようにどこかへ避難しようとしたけど「香山くん、作って」と声は俺に命令した。

「だって、私一人でやるのダルい」

「ならやるな」

俺はあくまで冷たく言ったが、声は恨めしげにこちらを睨んできた。

「お前、俺のこと、いい遊び相手か何かだと思ってんだろ」

俺が言うと、声は、「違うの？」と不思議そうな顔をした。

俺は嫌になって、声を放置して家の外に出た。

そのまま、やることがなくて、田舎の道を歩いた。

道の先、十字路の真ん中に、つい昨日、仏壇の写真で見たばかりの男が立っていた。

俺はそいつを、わけもなく殴ってやりたいような気持ちになった。


侑李さんから電話があった。そのとき家に誰もいなくて、取ったのは俺だった。

「はい」

ただそれだけ言うと、

「あ、香山くん？」侑李さんの声だった。

「何だよ」

つい、イラついた声になってしまう。

「どう？　楽しく暮らしてる？」

聞かれて、困る。楽しくはない。

「いつもと変わらないけど」

「声は元気？」

「自分で確かめろよ」

それから考えて、言い足した。

「別に、侑李さんが元気だったり元気じゃなかったりするのと同じだよ」

侑李さんは、「意味よくわからない」と返事をした。

「で、なんか用かよ？」

侑李さんは少し笑って、

「そっち、行こうかな」と言った。

「いいよ、来なくて」

別に声の肩を持つ気なんて全然なかったのに、何勝手なこと言ってるんだよ、と思うと侑李さんに対して腹が立ってきた。

「侑李さんが嫌で逃げたんだから、あんたがこっち来たら、意味がないだろ」

「香山くんも」

「は？」何が？

「私から逃げたくて、行ったってこと？」

「あのさ、ウザいんだけど」電話を切ろうかと思う。

「どうしてイライラしてるのいつも」

侑李さんは不思議そうに言った。

「とにかく、あんた来なくていい」と俺は言って、電話を切った。電話があったことは、声には言わなかった。


夜、声が「眠れない」と言い出し、俺もそうだったので返事するか迷っていたら、声は布団から起き上がって部屋の外に出て行き、しょうがないから俺はあとを追った。声は以前買っていた光るボディペインティングの塗料を取り出し、それを持って外に出た。

外は虫が鳴いていた。うるさいくらいだけど、徐々に慣れて、意識が澄んでいった。二人で歩いた。声は川に行こうとしているらしい。空を見上げる。月はなかった。

やがて、着いた。

声は、塗料を足元に置いた。

「香山くん」

俺は返事をしなかった。

声は、俺の腕を摑んでいた。

「香山くんのからだ、なんでいつも冷たいの」

今までそんなこと、意識したことなかった。

「香山くんは、どうして、いつから?」

自分は自分で、切れ目も途切れもなくただリニアに自分だと思った。

「こころが冷たいから、からだも冷たいの」

「陳腐なこと言うなよ」

声の手を振り払う。やってられないと思う。だって、やってられない、こんなの。

「子供のくせに」と言いながら、俺はそれが全然、本質的じゃないのを知っている。

声は一瞬つまらなさそうな顔をしてから、あの塗料を取り出して、ペタペタと自分の腕や足に塗っていった。

どうしてそんなこと。不思議に思っていたけど、やがてその意味がわかった。

「これ、つけて」

ブラックライトを手渡される。その光を当てると、彼女の体が薄く光るのが見えた。

そんな風にして、声は、ごっこ遊びをしてるのだ。

鬱陶しい、と思って、もう声をほっといて、自分一人で歩いた。

背の高い雑草に突っ込んで、かき分けながら歩く。

「ちょっとさ、何してるの」

無視して行く。

虫の声が鳴いている。土の、湿った、夏の匂いが、鼻腔《びこう》をつく。草が顔に当たり、構わず進む、草の汁が、顔について匂う。

「香山くん、どこ行くの？」

声が言うのが背後で聞こえる。俺は何も答えなかった。俺は人を無視するのが好きだ。そして、心が震えてしまうくらいなら、ずっと何もない孤独でいたい。

でも声の手が俺を摑み、いつの間にか俺たちは手を繋いでいる。そうして歩くとき、俺は冷たい気分になる。声を守る保護者に、俺はなれそうもない。

「声はどうしたい？」

何かを乗り越えることで、それが消えていくのなら、俺はそのままでいたい。

「私は今でも悲しいよ」

「人が死んだら悲しいなんて、当たり前だよ」

夜の空気は、深く、俺たちの呼吸に合わせるように沈んでいた。

「香山くん、そのうちいなくなるの」

「なるよ」

「私、香山くんがいないとやだよ、寂しい」

俺は別に、と内心思う。

「私は、香山くんのことが好き」

唐突に言われて、戸惑った。それがどういう意味なのか、わからなくて困る。

「私、香山くんとずっと一緒に」

「それは無理」

わかったよ、なんて言えない。

「私、香山くんが自由だから好き」

「俺だって、不自由だよ」

こんな生き方を、何も、自分の意思で選んだわけじゃない。

「俺だって、マトモになりたかったよ」

「香山くんは、壊れたいの」

「そんなに、何も考えてないんだよ。言われても困る」

「香山くんは堕落したいんじゃないの」

「そんなことないよ」

俺は笑いながら、声の持つ塗料を手に取った。それから、自分に塗っていく。

やがてブラックライトで照らすと、自分の体が、光を放ちだして、笑ってしまった。

何をやっているんだろう。


その翌日、侑李さんが家に来た。

どうして彼女は、人の気持ちに対して鈍感でいられるんだ？　俺だってそうだけど、侑李さんはもっとで、誰の気持ちもまるで考えない。

彼女は、自分が深く傷ついてるからこそ、そう振る舞ってもいいと思っている。その病んだ思考回路に、巻き込まれたくない。

「帰るよ」

と侑李さんが言い、声は嫌と言った。「嫌だ嫌だ嫌だ」でもそれもどこか演技っぽくて、声はすぐやめて、

「香山くんはどうする？」と言った。

委ねられても困る。

それで結局三人で帰ることにした。

最初俺たちを出迎えに車で駅まで来ていたあの男は、侑李さんに挨拶するとき、複雑な顔をしていた。「あの人ママのことが好きなの」だとしたら、お疲れ様、って感じだった。


「で、どうしてこんなバカことしたの」

帰りの新幹線で侑李さんが聞いてきた。声は寝ていた。

「そんなにバカかな」

「だって。別に声がバカなのは元からとして。香山くんまで、なんで？」

「俺は、ただ自分も、侑李さんから逃げ出したかったから、逃げただけ」

「それはどうして？」

「あんたの鈍感さが化け物じみていて、人を損なうからだと思うよ」

侑李さんは顔をくしゃっとさせた。

「自覚ないからわからないな」

「持ってよ、自覚」

「知らない」

怖い怖い、これ以上深入りする前に、みんな逃げた方がいいぞ、と俺は思う。自分だけは大丈夫とか思わず、逃げた方がいい。

「侑李さんは人の気持ちを一切考えないことで自分を守ろうとしてるんじゃないの」

「そんなわけないでしょう」

侑李さんは、ただため息をついた。

「本当はその逆なのに」

それっぽいこと言って誤魔化されてるような気がした。

「侑李さんはそんなスタンスで人と関わるのを続けて、最終的にどうなりたいの」

侑李さんは直接的にはなにも答えずに、ただ、

「私って病気だと思うんだよね」

とだけ言った。

「病気かもしれないですけど。侑李さんはそれ、人にうつしてる自覚あります？」

「自分以外に興味ないから」

いい歳した大人なのに、何を言ってるんだろう、と思う。

「香山くんは私と声に関わらなくていいよ」

俺は「そうだね」と答えた。

「もう会わないよ」

そして目を閉じて、座席の背もたれに体重を預けた。

しばらくしてふと薄目を開けると、侑李さんの無表情な顔に、少しだけ涙が浮かんでいるように見えた。ふざけんなよ、と思った。

やがて新幹線が、途中の駅で止まった。

そこは、俺の地元の駅だった。

窓ガラスの中に彼女がいて、微笑んでいた。まるで死んでないみたいに笑ってる。

俺は声の手を引いて立ち上がった。ふと何か衝動が、やってきて、俺を突き動かしていた。侑李さんは、びっくりしたような顔で俺を見ていた。

「ごめん、もうちょっとだけ。寄り道したいとこが出来たから」

俺はそう言って、新幹線を下りた。侑李さんは、何を言っても無駄だ、という顔で、諦めたように俺たちを見送った。

「香山くん、ちょっと、何なの」

改札を出て、乗り場でタクシーを拾った。それから、行き先を告げる。辺鄙《へんぴ》な墓地だ。金はまだ、財布の中に、三万円くらいは残っている。

「何が？」

そう聞かれても、まだ俺は、理路整然とは説明できない。何かただ、込み上げてくるものがあった。その感覚だけが、信じられた。

感情から目を背けて、最初からそんなものはなかったように振る舞い、それで俺はいつの間にかそのよくわからないものに飲み込まれそうになっていた。

でも人は、そうしたモヤモヤと向き合う必要がある。

そして向き合うだけでなく、それを経験しないといけない。

俺は悲しむことから逃げ続けてきた。

渡良瀬まみずが死んだとき、俺は、悲しんではいけないような気がしていた。それはそうだろう、と思った。岡田が悲しんでいる、彼女の両親が悲しんでいる。自分は悲しむ役割ではないと思った。俺は冷静にしていないといけない。それが当たり前のことだと思っていた。だから、俺は悲しんでない。俺はまだ悲しんでいない。兄が死んだときも。岡田の姉が死んだときも。

ちゃんと悲しむことが出来ないと、いつまでも悲しみは残り続ける。

タクシーを下りて、お墓に行く前に、本屋で静澤聰の本と、それから、便箋とボールペンを買った。長く書くのは性に合わないから、短く書いた。

それを、彼女の墓の前に置いた。

目を閉じて、手を合わせる。

俺は今すごく悲しいし、ちゃんと悲しめてるんだと思った。好きな人が死ぬのは悲しい。でも、相手にされていなかったとしても、悲しんでいいんだ。俺の悲しみは、俺のものだ。

「大丈夫？」

と声が心配そうに俺の様子を見て言った。声は俺の手を引いた。もう少し待ってよ、と俺はかすれる声で言った。

俺は君のことが好きでした。

そして、まだ好きなのかもしれません。

君が死んで俺は、今も、ずっと、悲しいです。

10

大学の街に帰ってきてから数日して、声が「ママの様子、変」とＬＩＮＥしてきた。いつＬＩＮＥのＩＤとか交換したんだっけ。「いつものことじゃん」とだけ返信する。

声＞いつもだけど、特別極まって、変。究極変

習ってない漢字でもスマホがあれば書けるんだな、とか思いつつ、外に出る。

侑李さんの家は、玄関の鍵が開いていた。迷って、中に入る。外は真っ暗なのに、電気もついてなくて困惑した。どういうつもりなんだろう、一人ならまだいいけど、声もいるのに、なんでそんなに終われるんだよと思う。

居間で侑李さんはワインを飲んでいた。

「もっと大人らしくちゃんとしろよ」

「勝手に入って。えらそうに」

酒臭くて嫌になった。

「バカにしてる」侑李さんは揺れながら言った。

「してるよ」

声はどこだろう？

「この子はいつも嫌な感じなの。わかる？」

侑李さんは、テーブルの対面、椅子に向かって話しかけていた。その様子はわかりやすくホラーだった。

「そうなの。こっちは大変だよ。毎日」

「おい、誰と喋ってんだよ」

侑李さんはこっちを見ない。

「毎日クソみたい」

侑李さんは、やっぱり、誰もいない空間に話しかけ続けていた。

「だから、誰もいないだろ」

俺が言うと、侑李さんは「いるってば」と答えた。

「酒やめろよ」

俺がワインの瓶を取り上げようとすると、侑李さんは強引にそれを奪い返した。

中毒だ、と思う。

「生意気言わないで」

俺はムカついたので、目の前の椅子に座った。

「誰もいない。俺しかいないから、今」

すると侑李さんは、

「あんたなんかいらない」

ぞっとするくらい低く冷たい声で言った。

俺は黙って侑李さんを見た。

「水飲んで寝たら」

「知った風なこと言わないで」

「何してんの」

声がいつの間にかやってきていて、呆れたように俺たちを睨んでいた。

「怖いよ」

確かにな、と思った。

「ちゃんとしてよ」

声に言われて、侑李さんは急に正気に戻ったような顔になった。

「ちゃんとするから」

侑李さんは幽霊みたいに言った。

「ちゃんとしなきゃ」

呆然とした顔だった。

「明日からちゃんとしなきゃ」

そう言って侑李さんは、服を整えて、自分の部屋に引き上げていった。

「来てくれてありがと」と声は言った。

救いはどこにもない気がした。

侑李さんの結婚式の日取りが決まり、俺はいよいよ憂鬱だった。

夢の中に死んだ兄が出てきた。夢は鬱より便利だ。夢は、会えないはずの人間と会えるからすごいな、と、その実在感たっぷりの兄の姿を見ながら俺は思った。お前はなんでいるんだよ、俺の家に。

「生きてる人間は、死んだ人間の分までしっかり生きる責任があるよ」

とか、相変わらず兄は、死んでからもまだ、そんな優等生的なことを言って俺を鬱陶しがらせた。

知るかよバカ、とか思う。おとなしく死んでろ。面倒くさい。

大学のスポーツジムで泳いだ。横を、兄や、写真でしか見たことのない侑李さんの夫が泳いでいる。俺は何もおかしくない。俺は大丈夫。そう言い聞かせる。

侑李さんの結婚式当日。

呼ばれてはいないのだけど、結婚式場を、声から聞き出した。協力する、と声は言った。何をだよ、と思った。

入学式のときに着たきりのスーツに着替えて、アパートを出る。革のソールで、コツコツ音を立てながら大股で歩く。

結婚式場にたどり着く。自分だけマトモになろうなんて、酷いじゃないか、と思う。受付で祝儀袋を取り出す。一応中身は入れてきた。一万だけ。それから偽名を書く。声に教えてもらった、知らない誰かの名前を書いた。受付を突破して、俺の気分はもうすっかりテロリストだ。

中に入り、声と合流する。

「どうするの？」

声の様子には、妙な高揚感があった。

「ケーキ顔面にぶつけてやる？」

自分の親の結婚式というのに、声の顔には悪意があった。それで逆に気持ちが冷めた。

「結婚式って来たの、俺これが初めてかも」

「私も」

それから俺はあたりを見回し、

「何も出来ないな」と諦めて言った。

披露宴の、会場の外の椅子に座って、二人で、来てる人たちの様子を眺めた。

「みんな何で来たんだろ」

「呼ばれたからだろ」

「ひねてる」

声は自分の人差し指を口にくわえて、足をブラブラさせた。

「香山くん、友達っている？」

考えた。

「一人くらい」

「私、友達っていないかも」

「お前、いなさそう」

「何それ」

「友達いなくても死なないよ」と俺は言った。

「香山くんは大切な人とかいらない感じ？」

「それはそうだろ」

大切とかかけがえないとか、いらないんだよ。

「声、好きな奴とかいないのかよ、学校とか」

俺が聞くと、急に声は困ったような顔をした。

「みんな、猿かじゃが芋に見える」

俺はちょっと笑って、

「あいつらも猿か？」と指差して聞いた。

結婚式の参列者は禿《は》げたオヤジが多かった。侑李さんの結婚相手はオッサンだから、オッサンの結婚式にはオッサンがやって来るというわけだ。

「そう言われると、だんだん、猿に」

と声は言って、それから、遠くのオッサンを指差して、「ウキキ、ウキキキキキ」とアテレコをした。そのオッサンが、別のオッサンに話しかけている。俺も「ウホホッ」と言ったら、声は楽しそうに笑って、

「言葉なんか喋るからあいつら鬱陶しいけど、じゃなかったら、別に大丈夫です、って思えるのかな」と言った。

「いやそんなことはない」と俺はとりあえずで言った。

「香山くん、好きな動物は？」

なんだろう。

「貘《ばく》？」

「何それ」

「夢を食べる」

「本当にいるの？」

俺は貘の説明を声にした。

「夢っておいしいのかな」

どうだろう。少なくとも、俺の夢なんか食べても、全然、おいしそうとは思えない。きっと不味《まず》いだろう。

「おいしくもないのになんで食べるんだろうね？」と声は聞いた。

「俺たちも、腹が減ったら、食べるだろ。別に食べたくても食べたくなくても」

「そうかも」

「夢しか食べれなくて、お腹がすいてたら、食うしかない」

「香山くんはどんな夢を見るの？」

「ヤな夢」

「私も。お父さんによく会うよ」

そんな話をしてるうち、披露宴の受付で、微妙な会話が始まった。どうやら、俺が名乗った名前の持ち主がやって来たらしい。俺は逃げることにした。

「またな」

俺が言うと、声は、

「結局何もしてないじゃん」

と少しがっかりしたように言った。


相変わらず代わり映えのない日々が続いていくだけ。

「香山くん、なんか暇ならさ。勉強とかすればいいじゃん？」と声は言った。

最近の声は大学構内に遊びに来るようになっており、俺らは大学の学食で待ち合わせてたまに今でも話す。

「勉強とかしても意味がないし俺はしないししたくない」

「香山くんにとって意味のあることって何？」

そう聞かれると俺も困る。

「まぁ例えば今この瞬間は意味ない。あんまし」

「私と喋るのが？」

「うん」

「……なんで？」

声は不服そうに俺を見た。

考えてみれば、俺は何かを得るための手段として話をする。俺が探してるのは、意味というよりメリットで、メリットのない会話をするのが、俺は苦手なのかもしれない。

「なんか」

俺はこのまま、ダメになっていくんだろうか。

「多分、俺のことなんて、誰も愛さないと思う」

「香山くんって、寂しいから、人に好かれたいって感じ？」

「ウザいから」

一つ小さく伸びをする。

「もう行くわ。次、授業だし」

俺が言うと、声も一緒に立ち上がった。

二人で学食を出て、「じゃ、俺あっちだから」先に行こうとする。なんとなくだけど、そのうち、俺と声は会わなくなると思う。

「香山くん、徒競走しない？」

声がそんな素《す》っ頓狂《とんきょう》なことを言った。

「どうして？」

声はアスファルトに両手をついて、「ほら、早く」と俺を急かした。

「いや、なんでクラウチングスタート？」

呆れて言いつつ、俺は普通に構える。

「私が勝ったら、お願い一つ聞いてよ」

「何の？」

「勝ったら言う」

声は、目の前の空中を、ただじっと見ていた。

「負けたら一生言わない」

「いいけど。さすがに俺、負けないよ」

それに声は答えないで、「勝ったら絶対聞いてね」と言うので、俺は本気で走った。

息が切れそうになる。

声の頭から、髪の毛が舞って、夕日を浴びてキラキラ赤く、光っていた。

そのとき、ふと感じた。

俺が死ぬとき、声は生きている。

きっと自分が先に死んでいくんだ。

それは奇妙な実感だった。

そのことに、少しだけホッとしてる自分がいた。

「香山くん」

声があきらめて立ち止まり、俺に言った。

「私、香山くんのこと、ずっと好きだよ」

俺は声から少し離れたところで止まって、「それはどうも」と返事をした。

「私が大人になったら、香山くんと結婚してあげてもいいよ」

「遠慮しとく」

手を振って、歩き出す。振り返ると、まだ、声は動き出さないまま、俺を見てる。

「いつか愛が見つかるといいね」

俺はため息をついた。

「愛が」

「そうな」

「見つかればいいね」

「本当にな」

俺は声から離れて、歩き出した。

イヤホンを耳に入れて、音楽を再生する。歌詞のない曲の演奏が、声にならない感情を訴えている。それはまるで、俺の気持ちを代弁しているみたいに聴こえた。

やがて声に出来なかった衝動が、言葉になっていく気がした。

携帯が震えて、音楽が中断された。岡田からの電話だ。何も考えずに、通話ボタンを押した。

「なんだよ」

俺が言うと、

「別に。用がなきゃ電話しちゃいけないのかよ」

と岡田が笑った。それから、何か言おうとした彼を遮って俺は、

「今度会おうぜ」

と言った。彼が電話の向こうで、少し驚いている気配がした。

「なんかあったのか？」

「色々あったよ」

それから、何か忙しいのか、彼の電話の後ろで話し声がした。「ごめん、また後で電話する」と言って、岡田は電話を切った。

人は死んでも、疎遠になっても、それでゼロになるわけじゃない。

俺はいつか、この人生の不毛な無意味さを、愛せるようになるんだろうか。

レンタカーで俺たちは走っていた。どこに行こうとしているのか、自分でも思い出せない。どこに行く気もないのかもしれない。昼間の空なのに、大きな月が煌々《こうこう》と輝いている。横には声が座っていた。

「私、このまま生きてていいのかな」と声は言った。

俺は舌打ちをした。

スピードを上げる。対向車線にはみ出しながら、車を抜いていった。

「ちょっと、香山くん、やめてよ」

俺はだんだん、そんな無謀な行為が楽しくなっていった。

ブレーキを踏まずにカーブを回り、すり抜けていく。

「下ろして」

正面からトラックが来た。クラクションが響く。間に合わないような気がした。それでもいいと思った。ぶつかるところを想像した。「ハンドル切ってよ」と声が叫んでいた。俺は目を閉じた。死なないで、と誰かが言った。誰だろう。誰でもいい。次の瞬間、声が手を伸ばし、無理矢理ハンドルを切った。ギリギリでトラックを避けた。
そのまま、俺は更にアクセルを踏んだ。
「死ぬかと思った」と声は胸をなでおろしたように呟いた。
「生きるに決まってる」と俺は言った。

On the beach

海を抱きしめて

今、海の音が君にも聞こえてると思う。

君が死んでから随分経った。君のことは、これが意外と、全然忘れなかったんだ。自分でも不思議なくらい、今でも強く覚えてる。忘れるのが怖かったけど、思い返さない日はなかった。心のどこかにずっと君はいて、今もいる。

死んだ後すぐは、よく君を夢に見た。死んだのは嘘だよ、と君は夢で言っていた。夢の中で君はいつも元気で、僕たちは色んなところに出かけて遊んだ。夢から覚めるといつも泣いていた。情けないことだとは思わなかった。むしろただ、自然なことだと感じていた。

人が死んだら悲しいなんて当たり前だから、何もおかしいことじゃない。

前向きに生きようと思っても、それは、口で言うよりはずっと難しい。よし頑張るぞ、と思った。何度も思った。だけど、それで急に頑張れるようになるわけじゃない。そんなの嘘だよ。ずっと君のことを引きずって、正直言うと、僕は自分が死なないようにするだけで精一杯だった。

それでも、腐っているわけにはいかない。そう、自分に言い聞かせた。奮い立たせないといけなかった。簡単じゃなかったけど、だからって、無理だとは思わなかった。生きていくのは、ただ、難しいだけで、無理なことじゃない、そう思っていた。

少しずつリハビリを始めた。日々の生活に復帰しようと努力した。香山と遊びに行ったりとかさ。家族でどこか出かけたりとか。君の両親とも、その頃よく会っていた。みんなで、立ち直ろうとしてた。

何をしていいかわからない。そう相談したら、君のお父さんは、だったらとりあえず勉強しとけば、と言った。僕はそのアドバイスを愚直に実行した。君が生きていた頃、僕は全然勉強してなかったから、成績も落ちてて、理解を取り戻すのはちょっと大変だった。でも、もっときついことがこの世にはある。それを知っているだけで、目の前のことを頑張れる気がした。別に頑張らなくてもいいんだけど、僕の場合は、立ち直るために、頑張ることが必要だった。

少しずつ僕は自分を取り戻していったと思う。

成績も上がり始めた。予備校に通わせて欲しいって親に頼んだら、母はちょっとビックリしていた。バカみたいだ。香山が言い出したんだよ。お前は医者にでもなればいいんじゃないかって。君が死んだからって、それで医者を目指すなんて、ちょっと安易過ぎだと思わないか？　でも僕はやることにした。

　君は死んでしまったけど、他の誰かの助けになることで、自分も救われるんじゃないかって、思ったんだ。

　結局、僕は医学部に進学した。涼しい顔でさらっと合格したみたいだけど、そんなことはなくて、大して頭がいいわけでもないから、吐くかと思ったよ。受からなかったらどうしよう、毎日その暗い未来のイメージに押し潰されそうだった。

　僕は、一度医学部に進むと決めたら、今度は、それ以外の生き方がよくわからなくなってしまった。変な話だけど、自分にとって、医者になるかならないかで、人生が大きく変わる気がしたんだ。もし、医者になれなかったら、自分の人生はゼロだ、と思った。実際はそんなことないのかもしれないけど、そう思い込んでたんだからしょうがない。とにかく必死だった。それで、なんとか医学部に合格した。

　合格したときは、嬉しかった。ここから、自分の本当の人生が始まるような気がした。今までの人生と、これからの人生は、全然別のものだ、という感覚があった。

　それと、ちょっと安心したんだ。

　僕は医者になる限り、君のことを忘れなくてもいい。ずっと覚えていていいんだ、と思った。

もし、他の職業についていたら、いつか君のことを忘れてしまったかもしれない。

でも、医者になるなら、ずっと君のことを思い出す。

だから僕は嬉しかった。

実際、今も忘れてない。病院に行く度、君のことを思い出すから。

なりたかった職業につけるんだ、そう思うと、人生に対して真面目になれた。バカみたいに前向きな気持ちに満たされる瞬間が何度もあった。笑うかもしれないけど、本当に僕は医者になれて幸せだったんだ。金とか、地位とか、そんなことはマジでどうでもいいよ。本当にどうでもいい。ただ、自分の中に謎の使命感みたいなものがあって、それに一生をかけて殉じることが出来るんだ、そう思うと、たまに道を歩いてて、笑いそうになるくらい幸福だった。

でも、そうなると、今度はまた不思議な感覚に襲われた。たまに泣きそうになった。だって、君といたとき、ずっと悲しかっただろ？　もっと言うと、人生もこの世界も本当に酷い、最低だ、と確信してた。世界が今すぐ終わればいいのにって願ってた。

それなのに、急に自分の目の前に、明るい未来が開けてしまった。そうなるとやっぱりちょっと、生きていることが後ろめたくなるんだ。君と一緒に喜べたらいいのにな、って思ったよ。君がそばにいたら、きっと喜んでくれたのに。君に報告したかった。でも君はいない。

やがて研修が終わって、僕は大学病院に医師として勤務するようになった。別に発光病の人だけ担当するわけじゃない。この頃から、思ったより自分の人生は簡単じゃないな、と思い始めた。色んな患者さんがいる。僕を罵倒してくる人もいる。何より、死んでしまう人がいる。それで、自分のせいなんじゃないか、と落ち込んだりもする。結局、どんなに手を尽くしたって人は死ぬ。当たり前のことだけど。その当たり前の事実が、僕には重かった。働き始めて数ヶ月もすると、すぐにまた眠れなくなった。思ったよりきつい人生だな、というのが僕の感想だった。人がどんどん死んでいくのが僕の現場なんだ。

誰かが死んだ夜はときどき、眠れなくなる。そういうときはいつも大体、車を海まで走らせて、一人で波打ち際を眺めて過ごす。朝までずっといるんだ。白い泡が海と陸の境で弾けていくのを、ぼーっと見ながら、途方に暮れてる。そんなことする人間なんて、映画の登場人物か、死のうとしてる人間くらいしかいないんじゃないかって、気がする。

海辺《ここ》で、僕はよく妄想したよ。

死んで君に会いに行く自分を想像した。

真剣に、君のことを想像したよ。僕は砂浜を、海に向かって歩いて行く。やがて水面が自分に迫ってきて、それでも足を止めない。水の中に溺れていくとき、君の透明な影が浮かび上がってきて、僕を抱きしめる。僕も君を抱きしめ返す。そのまま二人で、暗い夜の水の底に沈んでいく。溶けていくとき、脳が痺《しび》れるくらい気持ちいいんだ。そういうことを想像した。そうやって自分を慰めて、よし、また頑張ろう、と思って日常に戻っていった。

そのうちに僕も歳を取った。いつの間にかもう、三十一歳。笑えるよね。こんなになるまで生きてるイメージなんて、君に出会うまでは全然なかったよ。正確に言えば、君が死ぬまで、なのかもしれないけど。

不謹慎に響くかもしれないけど、きっと君は理解してくれると思うから言うよ。

僕は君の死からいつも生命力をもらってるんだと思う。

これは僕にとって、身も蓋もない真実だ。

君が死んだことを思うと、僕は、頑張らなくちゃいけない気がしてくる。

だから、今まで生きてこれた。

そしてこれからも、悲しいけど、僕は生きていくんだと思う。

明日も仕事がある。大人になった僕の人生は、仕事、仕事で続いていく。

どうすればいいのかわからなくなるときも多いよ。うまくいかないときの方が多い。

今でも、生きていることはときどき、後ろめたいよ。

僕は全然立派な人間じゃないんだ。

頭の中には、弱音しかない。毎日、逃げ出したくなる。

でも、君がいるから僕は大丈夫。


そう言えば、意外と、今も一人で生きてる。

一人でも、一人じゃないから、強く生きていける。僕はなんとかやってるよ。どうにもならないことも、辛いことも、薄い幸福感とごちゃ混ぜにして併《あわ》せ呑《の》みながら、破れかぶれどうにか生きてるよ。

きっとこれからも死ぬまで生きていけそうだよ。

君のおかげで。

僕は今でも君が好きだよ。

君のことをずっと思い出してる。気持ち悪いかもしれないけど、本当なんだ。

久しぶりに、こんなに君に話をした気がする。

それが遠い未来か、案外近いのか知らないけど、いつか僕も死ぬときが来る。

そのときはきっと、君のことを、今よりもっと濃密に思い出すんだと思う。

また明日から、君の影も薄くなって、忙しい毎日の中で、目の前のことに夢中になっていく。そしてやっぱり、ときどき、僕は弱い人間だから、自分を見失ったり、どうして生きているのかとか、そういう根本的なところがダメになるときも来るんだろう。

そんなときは、また、今日みたいに、海に来ようと思ってる。

とにかく、こっちは元気でやってるよ。

これからもよろしく。

じゃあ、またね。

あとがき

今回は大変でした。

元々僕は書くのが遅いのもあって、ぶっ倒れそうなスケジュールだったので、死ぬかと思いました。死ななくて良かったです。

さて、今回の本は、『君は月夜に光り輝く』のキャラクターたちが登場する短編集です。過去に雑誌で掲載された作品に、書き下ろしを二編追加した、という構成になっています。

『君は月夜に光り輝く』は映画化していただくことになりました。月川翔《つきかわしよう》監督、主演は永野芽郁《ながのめい》さんと北村匠海《きたむらたくみ》さんで、二〇一九年三月十五日から全国公開となる予定です。月川監督ご本人が脚本を手がけられていて、その真摯な姿勢と内容に、僕も胸を打たれました。原作とはまた一味違う、月川監督の映画を拝見するのを、僕も楽しみにしています。

たった一人でこの作品を書き始めた頃のことを思うと、随分遠くに来たんだな、と思います。『君は月夜に光り輝く』は本当に幸せな作品で、loundraw《ラウンドロー》さんの最高のイラストとともに、たくさんの人に愛していただいて、映像化、漫画化、そしてloundrawさんの画集とコラボレーションをしていただくことになりました。

月刊誌「ダ・ヴィンチ」で連載中のコミック版は、上巻が二〇一九年二月二十二日発売です。漫画化を手がけるのは、マッセダイチ先生。彼は『この世界にiをこめて』のあとがきに登場した、僕の昔からの友達です。だから、先生、と呼ぶのは少し照れくさかったりもします。あのあとがきを書いたときは、本当に夢が現実になるなんて思ってもいませんでした。色んな人に助けていただいて、マッセくんと一緒に仕事することが出来るようになりました。原稿の隅々まで、彼の感情が乗りまくった、彼らしい作品になっています。彼のデビュー前、学生時代から漫画を見せてもらっていた僕としては、毎月あまりに素晴らしい原稿を目にする度、感慨深い気持ちになります。僕はすごく嬉しいです。こちらも、ぜひ読んでいただけたら幸いです。

loundrawさんの画集『夜明けより前の君へ featuring 君は月夜に光り輝く』が二〇一九年二月二十八日に発売になります。こちらは、loundrawさんが個展『夜明けより前の君へ』で発売されていた画集に、新作イラストがプラスされた最新の画集です。タイトルの通り、君月がコラボさせていただいていて、君月に関するイラストが多数収録されている他、僕はloundrawさんとの対談、また、君月のスピンオフ短編という形で少し紙面に参加させていただいています。loundrawさんのあの最高のイラストとともに大きくなっていった君月なので、とても光栄でした。loundrawさんの、細部まで計算され尽くしていると同時にどこかエモーショナルなところのある作品について、画集の中でより詳しくお話もさせていただきました。

今回、この本のカバーイラストもすごく良かったです。前作の素晴らしいイラストを踏襲しつつ、空や光の色がこれまでにない感じがして良いですね。香山はとても香山らしいし、まみずもかわいい。卓也の制服の袖の折り返し方も、香山と比べると垢抜けなくて、そこがいいです。進化を続けるloundrawさんの作品を目にして、僕も頑張らないとヤバいなと本気で思いました。

さて、そんなわけで、君月関連の諸々があるのに合わせて、絶対何があっても天地がひっくり返っても明日地球が終わるとしても死んでも外せない締め切りとして、この本の締め切りが設定されていたわけですが、僕は案の定死にました。もしかして死ぬんじゃないだろうか、と薄々感づいてはいたのですが、やっぱりどうして中々死にました。一人暮らしで、数日に一度、虚《うつ》ろな目で近所のコンビニに出向き、中身を見ずに冷凍食品を片っ端から掴んでカゴの中に放り込んでいく怪人物と化していました。

煮詰まると深夜、散歩に出かけ、ブツブツと呟きながら徘徊する、危険人物と化していました。もっと煮詰まると、部屋の中で壁に向かって逆立ちを繰り返し、かと思えば突然奇声を発しながら踊り、床を無限に転がり続けながら、書けない、モテない、書けない、冴えない、書けない………。そんな陰鬱な日々から生まれたこの短編集、どうでしたか？　楽しんで読んでもらえたら幸いです、と言いたいところですが、君月って別にそんなに手放しで楽しい作品ってわけでもないし、今回も楽しい作品集ってわけではないですね。

　思えば、デビューから二年、次々に夢が叶《かな》っていく毎日でした。「ダ・ヴィンチ」さんでインタビュー、マッセくんと一緒に仕事、映画化、対談、いつか叶えばいいな……と思っていたような憧れが、恐ろしいスピードで叶っていくので、僕はむしろ怖いくらいでした。それで、短編集のあとがきでセルフライナーノーツじみた自作解説をちょっとやってみたいな、というのもまた僕のささやかな夢の一つでした。叶ってしまいそうです。そんなわけで、以下、各短編について少し触れます。

『もし、キミと』これは「電撃文庫 MAGAZINE」という雑誌に掲載される君月の告知ページに載せるために書いた、すごく短い作品です。規定のレイアウトや文字数が短かったので、書くのに苦労した記憶があります。改行がかなり多めで一文が短いのも、その名残《なごり》です。そんな風に苦労はあったのですが、気に入っている短編の一つです。結構よく書けてるなと思います。卓也はきっとこんな風にして、少しずつまみずの死を受け止めていったのかもしれないですね。

『私がいつか死ぬまでの日々』は同雑誌のとじ込み付録に掲載された作品です。デビューしてから、初めて書いた短編です。まみずの視点で話が進むので、女性の一人称を書くのにすごく苦労しました。リアリティのない独白はあまり書きたくないな、と思っていたので。成功しているかどうかはわかりませんが、そのときの自分の精一杯の力を出して書きました。あと、きっと僕も、自分が死ぬとなると、新しい本は読めなくなるかもしれないな、とか思います。

『初恋の亡霊』、これも同雑誌に掲載された短編ですが、初出時は『俺の初恋の亡霊』というタイトルでした。短編集に収録するにあたって「俺の」を削りました。これは単に、他の短編のタイトルと、トーンを統一したかったからです。初恋の亡霊、僕にもいるような気がします。高校時代の香山は、大学生になったときよりも、まだ少しウェットなところがあるなと思います。意外と結構、彼も悩んでいたんだな、とこの作品を書いて思いました。

『渡良瀬まみずの黒歴史ノート』こちらもまた同雑誌に掲載された短編です。ちょっとコメディタッチの作品になりました。これは、実は君月本編の初稿を書いていたときにあったシーンの一つです。僕は、とくに長編小説の場合、かなり時間をかけて作品を書き直すため、カットするシーンが大量にあります。そうしてボツにしたシーンの中から、この作品の元となる文章を拾い上げて、短編に書き直しました。頑張って書いたけど心を鬼にしてカットしたシーンの一つなので、こうして日の目を見ることになって良かったな、と思います。僕は結構、気に入ってるシーンも、無駄だなと思うと切るタイプです。そうやって時間かけて書き直してるから、本が出るのが遅いのですが。締め切りがヤバかったので、ストックがあってほっとしました。

『ユーリと声』、ここからは、この短編集のために書き下ろした作品です。これが長さ的にも一番長いですし、すごく難産になった作品でした。思えば、作者の自分からすごく遠い存在というのが、この香山というキャラクターです。なので、香山を書いて、と言われたときはかなり困りました。香山は、内面を描かないからこそ魅力的に見える、そういう類のキャラクターだったからです。悩みつつ、本当に手探りで書き進めました。怖かったのは、香山がぬるい奴になってしまうことです。少し殺伐としていて、乾いていて冷たい雰囲気が出せるように、試行錯誤をしました。とくに、あまり言葉が多い人間ではないので、初稿から、かなり独白などを削りました。この作品で登場する侑李と声は、香山が今まで接したことのない存在です。そのため、彼は作中で常に困惑しています。ややこしくてでもどこかありがちな彼の愚かさみたいなものを描いた作品でもあります。こんな香山みたいな奴って、いますよね。香山と岡田、なんだかちょっと疎遠気味ですが、でも現実はこんなものかもしれません。それでも二人は、やっぱり、大人になっても、何年かに一回、たまには顔を合わせているのかな、となんとなく思います。

『海を抱きしめて』は、書き下ろしで、この本の最後に位置する短編です。タイトルは坂口安吾《さかぐちあんご》の『私は海を抱きしめていたい』から。これがまた大変でした。時間がなさすぎて。もう正直にダメでした書けませんでした、ということにしようか、と悩んでいました。書いても書いても内容に納得がいかなくて、どうしよう、と思っていたとき、突然、何かが降りてきました。土壇場で、それまで書いていた内容を全部捨てて、一から全て書き直すことにしました。本当は、こんな風に書くつもりじゃなかったけど、自分でもコントロール出来ない何かの力で、こういう形の小説になりました。僕にしては大変珍しいことに、多分生まれて初めて、一発で書いてそのまま提出しました。ほとんど直していません。この作品を書くことが出来て良かったです。本当に。

というわけで、以上セルフライナーノーツでした。また夢が叶ってしまった。

こんなに多くの夢が、すごいスピードで叶い続けているのは、『君は月夜に光り輝く』を愛してくださった読者の皆さんのおかげです。なんだかストレート過ぎる言い回しで少し恥ずかしいですが、でも、僕はいつも、読んでくださる方に感謝しながら生きています。

小説家になれて良かったし、朝から晩まで小説を書いて、小説のことだけ考えて生きることが出来て、ただただ嬉しいです。その嬉しさも、日々の辛さや苦しさで、時々、忘れてしまいそうになるけど、全部嫌になってしまうときもあるけど、だから今のうちに、ここに書いておこうと思います。

僕を小説家として生きさせてくれるのは、読んでくださる一人一人の力があるからだと思います。

いつも感謝しています。

小説を読んでくださって、本当にありがとうございます。

僕もいつか死ぬ日が来るでしょう。

その日まで、たくさん本を書いて、残して、死にたいなと思います。
そんなわけで、四冊目の本の、四回目のあとがきでした。
大切な初期衝動を忘れずに、これからも頑張ります。

佐野《さの》徹夜《てつや》

〈初出〉
「もし、キミと」／電撃文庫ＭＡＧＡＺＩＮＥ　Ｖｏｌ．57（２０１７年9月）
「私がいつか死ぬまでの日々」／電撃文庫ＭＡＧＡＺＩＮＥ　Ｖｏｌ．54（２０１７年3月）
「初恋の亡霊」／（旧題「俺の初恋の幽霊」）電撃文庫ＭＡＧＡＺＩＮＥ　Ｖｏｌ．55（２０１７年5月）
「渡良瀬まみずの黒歴史ノート」／電撃文庫ＭＡＧＡＺＩＮＥ　Ｖｏｌ．60（２０１８年3月）
「ユーリと声」／書き下ろし
「海を抱きしめて」／書き下ろし
文庫収録にあたり、加筆・修正しています。

◇◇メディアワークス文庫

君《きみ》は月《つき》夜《よ》に光《ひか》り輝《かがや》く

+ Fragments

佐《さ》野《の》徹《てつ》夜《や》

2019年2月23日　初版発行

発行者　郡司 聡
発行　株式会社KADOKAWA
〒102-8177　東京都千代田区富士見2-13-3
0570-06-4008（ナビダイヤル）
装丁者　渡辺宏一（有限会社ニイナナニイゴオ）
印刷　旭印刷株式会社
製本　旭印刷株式会社

Printed in Japan
ISBN978-4-04-912339-5 C0193

メディアワークス文庫　http://mwbunko.com/

本書に対するご意見、ご感想をお寄せください。

あて先
〒102-8584　東京都千代田区富士見1-8-19
メディアワークス文庫編集部
「佐野徹夜先生」係